Newton Compton Editores

Título original: *Satélites que orbitan planetas desiertos*

© 2024, María Sotelo
© 2024, de esta edición por Antonio Vallardi Editore S.u.r.l., Milán

Primera edición: abril de 2024

Newton Compton Editores es un sello de Antonio Vallardi Editore S.u.r.l.
Pl. Urquinaona, 11, 3.º 1.ª izq. Barcelona, 08010 (España)
www.newtoncomptoneditores.com

Gruppo editoriale Mauri Spagnol S.p.A.
www.maurispagnol.it

ISBN: 978-84-19620-74-3
Código IBIC: FR
DL: B 21.215-2023

Diseño de interiores:
David Pablo

Composición:
Javier Sánchez Meco

Impreso en abril de 2024 en Puntoweb s.r.l., Ariccia (Roma), en Italia.

María Sotelo

Nosotros somos infinitos

Newton Compton Editores

Barcelona, 2024

Te van a criticar hagas lo que hagas,
así que haz lo que quieras
y asegúrate de que te hace feliz.

Playlist

Dolce Vita, de Ryan Paris

Centro di Gravità Permanente, de Franco Battiato

Gloria, de Umberto Tozzi

Me emborracharé, de Grupo Extra

You Shook Me All Night Long, de AC/DC

Più bella cosa, de Eros Ramazzotti

La Bachata, de Manuel Turizo

Años 80, de Los Piratas

Dinamita, de La Bien Querida

Caballos salvajes, de Sidecars

Voglio vederti danzare, de Franco Battiato

Love of My Life, de Queen

El Doctorado, de Tony Dize

Bachata Rosa, de Juan Luis Guerra 4.40

Prólogo

Bianca

Parpadeo de forma compulsiva sin apartar la mirada de la fotografía que ocupa la pantalla de mi teléfono móvil, en la que aparece una preciosa —por mucho que me moleste reconocerlo— invitación de boda. El pedazo de papel descansa sobre una mesa cubierta con un fino mantel, velas y flores secas. La imagen es tan perfecta, tan idílica, tan asquerosamente romántica que tengo ganas de gritar. Y lo haría si no fuera por el nudo que me oprime la garganta.

Se casa.

El muy malnacido se casa.

Y encima con ella.

Apoyo el peso de mi cuerpo en la puerta del baño y mi espalda desciende por la superficie hasta que no soy más que un ovillo en el suelo, aferrado a un teléfono móvil y un puñado de recuerdos amargos a los que creía haberles ganado la batalla hace mucho tiempo.

Pero han vuelto con toda la artillería para dinamitar la paz que tanto me costó recuperar.

Maldito planeta desierto.

No quiero llorar, de verdad que no, pero no puedo evitar hacerlo. Y me odio por ello, aunque mis lágrimas no sean fruto del dolor, sino de la rabia. ¿Por qué he tenido que comprobar que era cierto? ¿Acaso no me bastaba con reabrir la herida que he tenido que añadir sal? La culpa es suya por tener pública la cuenta de Instagram. De no ser así, yo jamás hubiera visto esa foto. ¿A quién quiero engañar? La culpa es mía, y solo mía, por entrar en su perfil. ¿A quién se le ocurre hacer tan soberana estupidez? A mí, por supuesto. A la idiota oficial del reino.

—Bianca. —Los golpes en la puerta me devuelven a la realidad, a este baño en el que llevo encerrada más tiempo del que debería—. ¿Estás bien?

—Sí, sí —respondo con un hilo de voz mientras aparto las lágrimas a manotazos—. Enseguida salgo.

En otras circunstancias accionaría la cisterna para disimular, pero a estas alturas de la historia no hay necesidad de hacerlo. Los dos sabemos que mi encierro poco tiene que ver con la dudosa excusa de que me haya sentado mal la comida.

Abandono mi escondite y salgo al pasillo con la mirada fija en el suelo.

—Bianca…

Yo niego con la cabeza. Él no termina la frase.

—No digas nada, por favor. —Cojo mis cosas del perchero del recibidor y sujeto el pomo de la puerta con determinación—. Hablamos mañana, ¿vale?

—Vale.

El frío de noviembre me recibe al abrir el portal. Me enrosco la bufanda, aprieto el abrigo contra mi cuerpo y emprendo el camino de vuelta a casa con la cabeza a punto de estallar.

Capítulo 1

El Café Oberón

Bianca

Unos días antes

Tengo la mala costumbre de observar a la gente que, cada día, entra en mi pequeña parcela del mundo a través de la puerta acristalada, en la que puede leerse CAFÉ OBERÓN. La cafetería que mi familia ha regentado durante décadas. El nombre se lo puso mi abuelo en honor al rey de las hadas de *El sueño de una noche de verano*, de Shakespeare. Era un fanático de la literatura, algo que mi padre heredó de él —entre otras muchas cosas—, pero eso ahora no viene a cuento.

Me pregunto si son felices, si tienen el trabajo que siempre soñaron, si encontraron el amor, si les gustan los perros, los libros, el olor a tierra mojada, el vino o las series de acción o si, por el contrario, no son más que satélites orbitando el planeta equivocado. Todos lo somos, de un modo u otro, en algún momento de nuestras vidas.

El tintineo de la campanilla de la puerta anuncia la llegada de un nuevo visitante. Ladeo la cabeza mientras deposito sobre el mostrador la bandeja de galletas recién horneadas y contengo la risa cuando veo a Bel entrar a la carrera.

—Llegas tarde —intento regañarla, porque las dos sabemos que me sale regular.

De la misma manera que también sabemos que caerá en saco roto. Tengo asumido que mi hermana va a llegar tarde hasta a su propio funeral. Ya encontrará la manera de hacerlo.

—Dos minutos —rebate ella mientras rodea la barra en dirección al pequeño cuarto que usamos como vestuario para dejar la cazadora negra de piel que acaba de quitarse y que a mí me parece demasiado fina para el frío que hace. Aunque tengo que reconocer que va perfecta con su estilo desenfadado.

—¿Qué tal ha ido la mañana?

Me da un beso en la mejilla al tiempo que se anuda el delantal alrededor de la cintura y yo coloco las galletas en uno de los expositores.

—A tope. Ya sabes cómo son las mañanas.

—¿Claudia ya se ha marchado?

Claudia es, junto con Martín, una de nuestras compañeras. Ni a Belinda ni a mí nos gusta referirnos a ellos como empleados, aunque les paguemos a final de mes, porque en el Oberón no entendemos de jerarquías. Aquí somos una familia.

—Acaba de irse, lo raro es que no os hayáis cruzado.

Martín, al que esta semana le toca el turno de tarde con mi hermana, y que ya ha llegado, porque él sí es puntual, se acerca a la barra con la bandeja repleta de vajilla que acaba de recoger de una de las mesas. Se dispone a meterlo todo en el lavavajillas en el mismo momento en el que la campanilla de la puerta vuelve a sonar.

—Ya voy yo —anuncia Bel, más que dispuesta.

Tanto que levanto la vista de mi tarea para comprobar si —tal y como imagino— quien acaba de entrar es el chico moreno que, desde hace un par de semanas, viene cada tarde, a la misma hora, con su impecable traje de chaqueta, a tomar café antes de entrar a trabajar en el edificio de oficinas que hay al otro lado de la calle.

Lo poco que sabemos de él es que es abogado —algo que era fácil deducir porque suele venir con un montón de carpetas bajo el brazo con el logotipo del despacho de la tercera planta— y que se llama Carlos. Dato que nos proporcionó Patricia, una de nuestras clientas más fieles y recepcionista del despacho en cuestión, que no empieza el día hasta que se toma su café solo bien cargado a las ocho y media de la mañana.

—No sé qué le ve —murmura Martín a mi espalda, con los brazos cruzados y el ceño fruncido.

Siendo sincera, el abogado está para quitarte el hipo, pero eso no se lo puedo decir a Martín. El pobre muchacho lleva colado por mi hermana desde que puso un pie en este local y me da mucha pena que ella no le corresponda. Es un buen chico, guapo, trabajador, atento, gracioso y educado. Harían una pareja monísima y estoy convencida de que la trataría como a una reina, pero no hay chispa. Eso me dijo mi hermana la última vez que le saqué el tema: «Me encantaría que me gustase, Bianca, de verdad que sí, pero no hay chispa». Así que no me quedó más remedio que cerrar el pico. Hay cosas que, simplemente, no pueden ser, por mucho que nos gustaría que fuesen. A mí me lo van a contar…

Bel vuelve a la barra y es entonces, al verla de frente, cuando me fijo en la camiseta que lleva puesta. Es negra, porque, aunque no tenemos uniforme como tal, siempre vestimos ropa negra bajo el delantal gris con el logotipo de la cafetería bordado.

—¿En serio, Bel? —niego con desaprobación tras leer el mensaje.

—¿Qué pasa?

—¿NO SOY TU TERAPEUTA?

Porque eso es lo que pone en su camiseta. Bien grande y con letras blancas. Para que resalte como está mandado.

—¿Sabes cuánta gente me cuenta su vida a lo largo del día?

Esa es la pregunta que esgrime para justificar su indumentaria mientras se concentra en preparar el café con leche de Carlos.

—¿Y crees que eso va a disuadir a alguien de no hacerlo? —Apunto con el dedo hacia el mensaje y arqueo una ceja—. ¿Vas a señalarle la frase al abogado si intenta contarte sus penas?

—Si el abogado quiere contarme sus penas, yo me compro hasta el diván, hermanita —responde mientras se dirige a la mesa del susodicho.

Yo observo sus movimientos desde mi posición sin perder detalle. El abogado sonríe. Bel le sonríe todavía más. Tanto que no descarto que le dé un tirón en la cara por la tensión. Cuando vuelve a dirigir sus pasos hacia la barra, mis ojos, por iniciativa propia, vuelven a centrarse en su indumentaria.

—En serio, Bel, ¿cuánto te gastas al mes en estampación de camisetas? —pregunto. Y espero que no me diga que el sueldo íntegro.

Ya he perdido la cuenta de todas las que tiene. Por supuesto, a cuál peor. QUE PAREN EL MUNDO QUE YO NECESITO UN CAFÉ. ESTA VIDA NOS VA A MATAR. Las guarda en un cajón del armario que está hasta los topes.

—Menos que tú en libros de autoayuda.

Estoy a punto de soltarle una fresca cuando la campanilla vuelve a sonar y una chica rubia, guapísima, se acerca a la barra.

—Perdona. —Se dirige a Martín—. ¿Puedes ponerme un café con leche desnatada y sacarina?

—S-sí claro, ¿l-lo quieres para llevar? —tartamudeó.

—No, no, es para tomar aquí. —Señala una de las mesas vacías y mi compañero asiente, medio embobado, hasta que le doy un codazo con todo el disimulo que puedo—. Y una de esas galletas de avena y naranja.

Señala el expositor.

—Ahora mismo te lo llevo.

—Genial, gracias.

La chica gira sobre sus talones para acomodarse en la mesa que le ha indicado y yo tengo que contener la risa otra vez, porque el panorama que tenemos ahora mismo tras la barra es para troncharse. Martín, que ha seguido a la muchacha con la mirada hasta que ha tomado asiento, se ha quedado en trance. Y Bel, que también ha sido testigo de la escena, alterna la mirada, con la boca abierta de par en par, entre nuestro compañero y la chica.

Mi hermana y yo nos miramos mientras prepara la comanda de la susodicha —porque Martín sigue en Babia— y puedo leer en sus ojos un claro «¿qué acaba de pasar?», al que respondo con «no tengo la menor idea, pero creo que aquí hay tema», que ella entiende, por supuesto, porque me devuelve la sonrisa.

—¡Ey! —Mi hermana chasquea los dedos delante de la cara de Martín—. Ay, madre, ¡que se ha quedado atontado! —me dice como si él no pudiera oírla, pero puede, y la mira confuso—. ¿Le llevas tú el pedido o se lo llevo yo? —Señala la bebida que ella misma acaba de preparar, y que ha dejado sobre la bandeja junto al plato en el que ha colocado la galleta—. Venga, Romeo, que se enfría —lo apremia.

Es terrible.

Es mi hermana y la quiero con locura, pero es terrible. Y que conste que no lo digo como algo negativo, al contrario. Bel tiene sus sombras, como todo el mundo, pero también está llena de luz. Aunque puede parecer una excéntrica —y en el fondo lo es—, a veces envidio su forma de ser.

Martín se entretiene un buen rato con la chica y, por supuesto, no se libra del tercer grado de Bel en cuanto regresa a la barra.

—¿Es cosa mía o te ponía ojitos?

—No digas tonterías —responde con rapidez.

Demasiada, diría yo. Es evidente que no quiere tener esa conversación con mi hermana. Y lo entiendo. Para él tiene que resultar muy incómodo, pero, conociéndola, dudo mucho que pueda evitarlo.

—Uy, tonterías, dice... ¿A que le ponía ojitos?

Mi hermana busca mi apoyo y yo me escaqueo como puedo. Paso de meterme en berenjenales.

—No me he fijado.

—Embustera.

Entorna los ojos.

—No te pongas en plan Celestina, por favor —le pido.

—¿Perdona? —Se lleva la mano al pecho con dramatismo—. Soy infinitamente más guapa —añade ofendida—. Porque te recuerdo que esa señora era bizca y fea, y también que regentaba un prostíbulo. Además, ¿sabes cuánta gente muere en esa historia?

—¿Todos?

—Pues eso.

—No quiero interrumpir vuestro debate literario, pero ¿no huele un poco a quemado? —interviene Martín.

—Es la cabeza de Bianca, seguro —responde Bel mientras yo olfateo el aire como un sabueso.

—¡Mierda! —Salgo disparada hacia la cocina—. ¡Los *muffins*!

Saco la bandeja del horno y evalúo los daños. Podría ser peor. Se ha salvado más o menos la mitad de la hornada.

—¿Hay supervivientes?

Bel asoma la cabeza sobre mi hombro.

—Alguno ha quedado, pero no sé si van a llegar —respondo—. Es viernes.

Lo que significa que a media tarde recibiremos la visita del habitual grupo de abuelillas entrañables. Nosotras las llamamos «El club de los viernes», porque el título de la novela de Kate Jacobs les va que ni pintado, a pesar de que, en lugar de calceta, lo que hacen es pilates una vez por semana en el centro que hay justo al lado del café. El caso es que todas, sin excepción, piden un *muffin* con pepitas de chocolate, puesto que es el único capricho que se permiten a la semana.

—¿Por qué te crees que me he puesto la camiseta? —Se señala el pecho con los dedos—. Son unas abuelitas adorables, sí, no te digo que no, pero son muy cansinas con sus achaques.

—No seas borde, Belinda.

Odia que utilice su nombre completo, así que lo hago por fastidiar cuando saca los pies del tiesto, algo que suele hacer muy a menudo.

—Como me vuelvas a llamar Belinda te comes la bandeja del horno —amenaza—. Venga, vete a casa, que ya me ocupo yo de hacer otra hornada para las del hogar del jubilado. No vaya a ser que, por no tener *muffins* para todas, no puedan volver a contarme lo alto que tienen el azúcar mientras se chuperretean el chocolate de los dedos.

Le lanzo el trapo a la cara, pero lo esquiva con agilidad.

—Eres terrible.

—Pero me adoras.

—No te creas, a veces me cuesta —respondo con una sonrisa que ella no puede ver porque le doy la espalda.

Recojo mi abrigo y el bolso, me despido de Martín y paso por la cocina antes de marcharme.

—Voy a acercarme al supermercado. ¿Qué te apetece cenar? —Y antes de que se le ocurra decir pasta, porque sería la tercera vez esta semana, añado—: Y no vuelvas a pedirme pasta, porque se me va a quedar cara de *tortellini*.

—¿*Pizza?*

—No sé para qué pregunto.

Pongo los ojos en blanco. Es una causa perdida.

—¡Te quiero!

Eso es lo último que escucho antes de salir a la calle. La declaración de amor que me hace mi hermana desde la cocina. Y no descarto que la haya escuchado todo el café.

Capítulo 2

Los satélites de Urano

Bianca

Extiendo la masa de *pizza* sobre la encimera de la cocina y añado los ingredientes mientras me lamento, porque, si no le hubiera preguntado a mi hermana, ahora mismo estaría preparando una ensalada y mis vaqueros me lo agradecerían. Aunque mi paladar no tanto.

Solo espero que su inminente viaje termine con esta obsesión por lo italiano y variemos la dieta, porque si, en lugar de eso, la acrecienta y me arrastra con ella vamos a acabar como dos focas monje.

Mi hermana lleva años ahorrando para poder pasarse un mes entero recorriendo Italia. Sola. Con un par de ovarios. Yo sería incapaz por muchas ganas que tuviera de hacerlo, pero ella no es como yo. Bel se fija un objetivo y no para hasta conseguirlo. Tiene el viaje planificado al dedillo. Rutas, horarios, transportes… Todo. Y este año es el AÑO. Lo que significa que no puede estar más emocionada. ¡Si hasta se ha matriculado en una academia de idiomas porque «necesita» perfeccionar su italiano! Lo dicho, está obsesionada.

Todo empezó cuando visitó Florencia en un viaje de fin de curso y, en una de las excursiones que tenían organizadas, los llevaron a ver el *David* de Miguel Ángel. Volvió tan maravillada que hasta a mí me entraron unas ganas locas de coger un avión y plantarme en la Galería de la Academia para sufrir en mis propias carnes el síndrome de Stendhal.

Todavía no he descartado la idea de hacerlo en algún momento.

Quién sabe.

Estoy a punto de meter la *pizza* en el horno cuando escucho la llave en la cerradura.

—¡Ya estoy en casa!

El sonido de su voz viene acompañado del ruido que hace cuando se desprende sin miramientos de sus zapatos en el recibidor.

Bel y yo vivimos juntas desde hace casi tres años, aunque esa no era la idea inicial cuando me trasladé a su piso, sobre todo por no tentar a la suerte. Compartir casa y trabajo son demasiadas horas juntas como para que no llegue la sangre al río tarde o temprano. Sin embargo, lo que empezó siendo algo temporal se convirtió en una agradable rutina sin que ninguna de las dos fuera del todo consciente de ello.

—Qué bien huele.

Pega la nariz a la puerta del horno.

—¿Qué tal ha ido la tarde?

—Agotadora, pero bien.

Mi hermana y yo heredamos el negocio familiar hace un par de años. Mi madre decidió pasarnos el testigo cuando nuestro padre falleció y ella se vio incapaz de seguir adelante sola con todo.

Creo que ninguna veía el Café Oberón como el trabajo de su vida, pero en aquel momento tampoco estábamos dispuestas a traspasarlo ni a vender un local que ya formaba parte de la familia. Un café al que nuestros padres se habían dedicado en cuerpo y alma durante años y que guardaba entre sus paredes tantos recuerdos que ni cien capas de pintura hubieran podido borrar. Así que nos liamos la manta a la cabeza, le hicimos un pequeño lavado de cara al local, actualizamos la carta, nos reciclamos a nosotras mismas y tiramos para delante como pudimos.

Es un trabajo sacrificado, no se trata solo de preparar cafés y repostería, también hay que ocuparse de los pedidos, las cuentas, las facturas y hasta de las redes sociales. Al principio estábamos las dos solas, creyendo que podríamos con todo, echando horas, hasta que nos rendimos a la evidencia de que no éramos supermujeres y que necesitábamos ayuda. Fue entonces cuando contratamos a Martín y Claudia y empezamos a respirar.

Ninguna de las dos se ha arrepentido de la decisión que tomamos. Supongo que también nos resultó fácil porque, en aquel momento, nuestra situación laboral estaba lejos de ser ideal.

Bel se había licenciado en Turismo y rebotaba de un trabajo temporal a otro sin terminar de encontrar su sitio. Y yo, a pesar de que tenía un contrato indefinido como recepcionista en una clínica dental, que me daba cierta estabilidad, odiaba mi trabajo. En realidad, a quien odiaba era a mi jefe. Un miserable que infravaloraba mi tiempo y mis capacidades hasta el punto de que yo misma dudaba de ellas. Era —y es, porque esa gente nunca cambia— un manipulador de manual. De esos que no te pagan las horas extras porque «todos tenemos que arrimar el hombro», porque «el negocio va mal», pero luego sacan dinero de la empresa y se van un mes de vacaciones a la India para encontrarse a sí mismos. Y tú esperas que se encuentren y que, cuando lo hagan, no puedan volver a mirarse al espejo sin sentir náuseas. Así que os puedo asegurar que el día que presenté la baja voluntaria fue uno de los más felices de mi vida.

Otro de ellos fue cuando inauguramos el «nuevo» Café Oberón. ¿Habéis sentido alguna vez que estáis en el lugar correcto? Pues el Oberón es ese lugar para mí. Da igual cuándo y cómo. A veces pienso que este café fue mi salvavidas. Nunca imaginé que trabajar aquí y hacerlo con mi hermana me haría tan feliz. Supongo que el universo tiene sus propios planes.

Cenamos sentadas en la alfombra mientras comentamos los detalles del día.

—Esta tarde ha venido la chica de la biblioteca —me dice Bel.

—¿Ana?

—La misma. Al parecer, hay una gotera en la sala que utilizan para el club de lectura y me ha preguntado si podrían hacer la reunión de la próxima semana en… espera… ¿Cómo lo ha llamado? —Mi hermana hace memoria con la mirada perdida en el techo—. Ah, sí, nuestro «rincón de lectura».

Supongo que por «rincón de lectura» se refiere a la zona en la que tenemos una estantería que sirve como punto de intercambio de libros y un par de sofás individuales frente a una mesita baja. En esta familia, el amor por la literatura siempre ha estado muy presente, así que lo suyo era que también lo estuviera entre las paredes del Oberón.

—Pero ¿cuántos son? —pregunto preocupada, porque la zona no es muy amplia que digamos.

—Son cuatro gatos —responde—. Ya sabes que en este país la gente lee cada vez menos. —No le quito razón—. Salvo las del grupito de Claudia, que leen por ti, por mí y por todos mis compañeros.

Se refiere a nuestra compañera Claudia, que tiene un grupo de amigas a las que conoció a través de Instagram. Se definen a sí mismas como un grupo de chicas «muy majas y muy *salás*». Son supergraciosas. Todas tienen cuentas dedicadas a la lectura y suelen quedar una vez al mes en el café para ponerse al día, comentar libros, intercambiarlos y ese tipo de cosas. De hecho, la mitad de los libros de la estantería del Oberón los han dejado ellas.

—¿Y qué le has dicho a Ana?

—Que no había ningún problema si, al menos, se tomaban un café.

—¡Por Dios, Bel!

—Y por la Virgen, Bianca. Que tenemos un negocio, no un centro social.

—Eres terrible.

—Terrible no, rentable —rebate—. Te recuerdo que no somos una ONG.

—¿Y cuándo se reúnen?

—El jueves, a las cinco, los tienes allí.

—Claudia estará encantada.

Trabajamos en turnos rotativos de mañana y tarde de lunes a sábado. Lo que significa que la próxima semana el turno de tarde nos toca a Claudia y a mí.

—¿Quieres que te preste mi camiseta de ALERTA: *SPOILER*?

Ríe.

—No, gracias.

—Tú te lo pierdes.

Se encoge de hombros.

—No me parece serio.

—La vida es demasiado corta como para tomársela en serio, hermanita.

—¿Ya empezamos con la filosofía de bolsillo?

—Y eso lo dice la de los azucarillos de Mr. Wonderful —responde indignada—. Qué poca vergüenza tienes.

No le hagáis ni caso. Solo son azucarillos con frases positivas. Como, por ejemplo, SI TE RODEAS DE PERSONAS QUE SON LUZ, LO VERÁS TODO MÁS CLARO o DEJA DE ESPERAR A QUE LAS COSAS PASEN, SAL AHÍ FUERA Y HAZ QUE PASEN.

—Los azucarillos molan —objeto—. Y, cuando nos etiquetan en una foto de Instagram gracias a ellos, no te disgustan tanto.

—Lo que tú digas… —Sabe que tengo razón, pero no quiere reconocerlo, así que cambia de tema—. ¿Quieres que te preste la camiseta o no?

—Belinda, de verdad te lo digo, hablar contigo es agotador.

—Que no me llames Belinda, coño.

—Te llamas Belinda.

—En qué mala hora…

—No dramatices, que podría haber sido peor.

Y eso tampoco me lo discute, porque sabe que vuelvo a tener razón.

A mi padre le fascinaba la astronomía, incluso formaba parte de una asociación para aficionados en la que no solo recibía asesoramiento tanto en instrumentación telescópica como en conocimientos específicos para adentrarse en un campo concreto: estudio de estrellas variables, supernovas, cometas o asteroides. La lista es larga y reconozco que, a diferencia de mi progenitor, a mí nunca me ha interesado demasiado el tema.

Todo comenzó cuando, siendo muy pequeño, mi abuelo lo llevó a visitar el planetario y aquella Navidad le regalaron su primer telescopio. Se pasaba horas observando el cielo, maravillado.

Gracias a esa pasión que sentía mi padre —o quizás a pesar de ella—, sé que Urano tiene veintisiete satélites. Los más importantes, conocidos como «lunas clásicas», son Titania, Oberón, Umbriel y Miranda, pero todos los demás también tienen nombre. La peculiaridad, en el caso de Urano, es que la denominación de estos satélites no procede de la mitología grecorromana —como sucede con la mayoría de cuerpos del sistema solar—, sino de los personajes —principalmente femeninos— de las obras de William Shakespeare y Alexander Pope.

Bianca y Belinda fueron descubiertos en enero de 1986, con diez días de diferencia. El primero recibe su nombre de la hermana de Katherine en la obra *La fierecilla domada*, de Shakespeare. El segundo es la heroína de *El rizo robado*, de Pope. Yo nací ese mismo año, y supongo que mi padre lo interpretó como una señal del cielo. Nunca mejor dicho. Mi madre era el centro de su universo y nosotras sus pequeños satélites, orbitando a su alrededor.

Lo que está claro es que la elección de nuestros nombres dejó patente la pasión de nuestro padre por el universo y la literatura. A veces me pregunto si el nombre del café se debe solo a Shakespeare o si hay algún otro culpable.

El caso es que, si analizamos la lista completa de satélites de Urano, no miento cuando digo que podría ser peor si nos hubieran bautizado como Ofelia, Crésida o Porcia. Aunque a mi hermana no le sirva de consuelo.

—Es que… ¿a quién se le ocurre llamarme Belinda? ¿No podían haberme llamado Miranda, como la hija del mago Próspero?

Eso lo dice ahora, pero estoy segura de que a Miranda también le hubiera encontrado alguna pega.

—Belinda es un nombre precioso.

—Belinda es nombre de abuela.

—Algún día serás una abuela adorable.

—Sí, claro, e iré a pilates los viernes de cinco a seis… ¡No te jode!

La verdad es que no me imagino a mi hermana yendo a clases de pilates. Ni de pilates ni de yoga ni de nada que requiera un mínimo de esfuerzo físico. El único deporte que practica es correr cuando llega tarde, o cuando la lluvia la pilla sin paraguas en mitad de la calle.

—Seré una abuela molona. De esas que llevan tatuajes, pendientes de kilo y medio, pintalabios rojo, las uñas pintadas de negro y vestidos estampados —medita—. O pantalones de cuero. Todavía no lo he decidido.

¡Por el amor de Dios!

La visión me produce escalofríos.

La sonrisa de mi hermana, todavía más.

Capítulo 3

Mucho ruido y pocas nueces

Bianca

Me encanta trabajar los sábados. No por el hecho de tener que trabajar, vaya por delante que no soy una obsesa, sino porque es el día más tranquilo de la semana. No hay horarios. No hay prisas. Y la gente está mucho más relajada. Me gusta venir con tiempo para organizar el día, así que, cuando llega Claudia, yo ya he preparado un par de bizcochos, una tarta de manzana y un millón de tortitas.

—¿Has dormido aquí? —pregunta cuando detecta el aroma que llega de la cocina.

—Sabes que no me gusta empezar el día agobiada.

Soy una de esas personas que, si quedan contigo a las seis, llegan a las cinco y media, porque han salido de casa con tiempo suficiente para solventar cualquier imprevisto.

—Igualito que tu hermana. —Ríe. Creo que ya os he dicho que mi hermana llega tarde a todas partes—. Esa tarta de manzana tiene una pinta increíble… Espero que llegue a la tarde, he quedado con las chicas a las seis.

—Si no llega, te preparo otra.

—Eres la mejor.

Me abraza tan fuerte que me estruja.

Es una niña adorable. Nunca recuerdo con exactitud cuántos años tiene. ¿Veintidós? ¿Veinticuatro? Lo dicho, nunca lo recuerdo, pero ronda los veintipocos. Todavía conserva la inocencia de aquellos a los que la vida no ha vapuleado. Es menuda y rubia, aunque, si tuviera que destacar algo de su aspecto físico, sin duda, sería que le ríen los ojos. Es alegre por naturaleza. Y, en un mundo lleno de grises, las personas así son oro.

La mañana se nos pasa volando entre cliente y cliente. Le cuento que el club de lectura de la biblioteca va a reunirse en el Oberón la próxima semana y se entusiasma con la idea. Claudia es una devoradora de libros en toda regla y cualquier plan relacionado con ellos la vuelve loca.

—¿Crees que Bel me prestará su camiseta de ALERTA: SPOILER? —Los ojos casi se me salen de las órbitas por la pregunta de Claudia, pero ella no parece notarlo, porque sigue con sus cavilaciones—. Debería hacerme una igual. Me chifla esa camiseta. Sí. Definitivamente, voy a plagiársela.

Mientras Claudia divaga, yo lleno el lavavajillas y apunto en mi lista de tareas urgentísimas esconder todas las camisetas de Bel antes de que esto se convierta en una guerra de mensajes estampados.

—¿Ese no es tu cuñado?

Asomo la cabeza por encima de la barra y compruebo que Hugo acaba de entrar en el café.

—Excuñado —aclaro a Claudia, entre dientes, mientras observo los movimientos de Hugo—. ¿Qué haces tú por aquí? —pregunto a modo de saludo cuando se acerca.

Mi excuñado es el único miembro de mi exfamilia política con el que he mantenido el contacto después de separarme. Y puedo decir que es uno de mis mejores amigos, por raro que parezca después de lo que pasó. A los demás no quiero verlos ni en pintura.

Me da un beso en la mejilla y toma asiento en la barra.

—He venido guiado por el olor de tus pasteles.

Señala la tarta de manzana, y Claudia asiente para darle la razón mientras lo mira embobada.

«Juventud, divino tesoro», pienso con los ojos en blanco.

—¿Café solo sin azúcar?

—Y un pedazo de tarta. —Me enseña su encantadora sonrisa y añade—: Por favor y gracias.

Preparo lo que me ha pedido y lo deposito frente a él, que da buena cuenta de la porción de tarta en apenas un par de bocados. No sé cómo no se atraganta; este chico no come, engulle.

—Ahora en serio, ¿por qué has venido?

—Me gustan tus tartas —responde mientras se limpia los dedos con una servilleta, que acaba convertida en un gurruño sobre el plato.

—Hugo…

—¿Comemos juntos mañana? —suelta de golpe.

—Oh, Dios. —Me llevo la mano a la frente—. Si tienes que invitarme a comer, es peor de lo que pensaba.

Hugo viene poco por el café, no le cuadra de paso, no le queda cerca. Ni de su casa ni del instituto en el que trabaja. No, en absoluto. Tiene que cruzar media ciudad y, cuando lo hace, digamos que no viene acompañado de buenas noticias.

—En mi casa. —Deja unas monedas sobre la barra a las que no presto atención y se levanta antes de que pueda rechazar su invitación y obligarlo a contarme ahora mismo lo que ocurre—. No llegues tarde.

—¡No he dicho que vaya a ir! —le grito a su espalda.

—¡Trae el postre! —responde con arrogancia, justo antes de salir por la puerta y dejarme con un palmo de narices.

Será cretino.

—¿Es cosa mía o cada día está más *buenorro*?

Vuelvo a poner los ojos en blanco al escuchar la pregunta de Claudia. Y espero que sea retórica, porque no pienso responder a eso.

A ver, que Hugo es guapo es un hecho. Y también que —por su profesión— está en buena forma, pero yo no diría tanto como *buenorro*. No sé, nunca lo he mirado de esa manera, quizá porque yo solo tenía ojos para su hermano. Ojalá hubiera prestado más atención a todo lo que sucedía a mi alrededor, me hubiera ahorrado muchos disgustos.

Me paso el resto de la mañana preocupada. La invitación de Hugo me da mala espina. Si quería contarme algo, ¿por qué no lo ha hecho en el café? ¿Tan horrible es? No soporto que me dejen con la intriga.

—Claudia me ha dicho que ha venido Hugo. —Ni siquiera me he dado cuenta de que Bel ha entrado en la cocina—. ¿Ha pasado algo? —añade preocupada.

—Sí, pero todavía no sé el qué.

—¿No te ha contado nada?

—No.

Sacudo la cabeza.

—Pues qué bien —ironiza.

Porque ella tampoco soporta que la dejen con la intriga, así que ya somos dos.

—Bianca, me marcho ya —dice Claudia, con el abrigo puesto, mientras se apoya en el quicio de la puerta de la cocina—. ¡Buen fin de semana!

—¿Y de mí no te despides? —le reprocha mi hermana.

—A ti te veo esta tarde.

Le saca la lengua y Bel la imita.

Vaya dos. Lo que me recuerda…

—Claudia quiere que le prestes tu camiseta de ALERTA: *SPOILER* —intervengo.

—Cierto —apoya la aludida.

—A ver, Claudia, pastelito mío. —Cuando mi hermana empieza con los calificativos subidos de azúcar la cosa pinta mal—. Yo te la presto, pero… o cortamos carne o compramos tela, porque estoy segura de que tus *lolas* no entran en una de mis camisetas.

Bel señala los pechos de Claudia con escepticismo y luego señala los suyos. La diferencia salta a la vista.

—Pues no lo había pensado.

—Normal, caramelito, seguro que estabas ocupada regodeándote en la imagen del culito prieto de Hugo.

Claudia se pone como un tomate.

—¡Belinda, por Dios! —la regaño.

—Y por la Virgen, hermanita, que tú dirás lo que quieras, pero tiene el culo para partir nueces.

Y se tronchan de risa las dos. Si es que vaya par. Lo que yo decía.

—Mira, de verdad, paso de vosotras.

—¿Qué me he perdido? —pregunta un recién llegado Martín.

—Nada, nada —respondo antes de que alguna enrede más el asunto—. Estas dos, que son unas escandalosas.

No sé si se queda muy convencido, pero al menos no insiste.

—Voy a cambiarme.

Martín se encamina al vestuario mientras Claudia lo observa con medio cuerpo apoyado en el marco de la puerta.

—Este también podría partir nueces con el culo —susurra nuestra compañera y las dos nos giramos sorprendidas por su comentario.

—¿Perdona? —pregunta Bel, atónita.

—No me digas que no te has fijado.

—Eh… ¿no?

La respuesta de Bel es tajante.

—Pues hazlo.

—Una cosita, Claudia… ¿a ti te gusta Martín?

La pregunta de mi hermana me pilla desprevenida.

Ladeo la cabeza y fijo mi atención en Claudia, expectante por su respuesta.

—Gustar, gustar, no… Pero es mono —responde con una sonrisa tonta en el rostro.

—Pues sí que tiene público el muchacho —se sorprende Bel.

—¿Quién tiene público?

Martín ha vuelto y nos ha cogido con las manos en la masa.

—El monitor del centro de pilates —responde mi hermana con agilidad—. Las tiene a todas locas, ¿verdad, Claudia?

Claudia asiente como una autómata y Martín se encoge de hombros.

Menudo percal.

Al menos, la charla me ha servido para dejar de darle vueltas a la conversación pendiente que tengo con Hugo.

Recojo mis cosas y me acerco para despedirme de mi hermana cuando me la encuentro con la mirada clavada en el culo de Martín, mientras este, medio inclinado, revisa el contenido de las neveras que hay bajo la barra. Le doy un manotazo en el brazo para llamar su atención y ella se sobresalta.

—¿Todo bien?

Le regalo una sonrisa maligna.

—Mejor que bien.

Asiente con escepticismo, como si no terminara de creerse lo bien que está todo. Y por todo me refiero al culo de Martín, porque no le quita ojo. Ahora la sorprendida soy yo.

Lo último que escucho antes de salir por la puerta del café me arranca otra sonrisa que no se me borra en lo que queda de día.

—Oye, Martín, ¿a ti te gustan las nueces?

Capítulo 4

El mensajero

Bianca

Hugo es la oveja negra de la familia, y esto lo digo en el mejor sentido posible, porque no tiene nada que ver con el resto del rebaño. Es una persona honesta, leal y afectuosa, de las que van de frente, sin dobleces.

Siempre tuvimos buena relación y eso no cambió cuando su hermano y yo nos separamos. Al contrario. Fue uno de mis mayores apoyos. Supongo que el hecho de que no comulgara con lo que hizo Víctor jugó en favor de nuestra amistad.

Subo las escaleras que conducen a su piso de la misma manera que lo haría un condenado camino del patíbulo. Mentiría si dijera que no me he pasado buena parte de la noche elaborando teorías y descartándolas al minuto siguiente. ¿Qué demonios querrá contarme?

Me abre la puerta con su encantadora sonrisa por bandera y me invita a entrar con una exagerada reverencia. Es cierto que Hugo es una persona muy correcta y educada, pero tanta parafernalia me da mala espina.

—*Crêpes* de chocolate. —Le ofrezco la bolsa en la que he traído el postre, tal y como me pidió que hiciera, y lo sigo hasta la cocina—. Qué bien huele. ¿Qué es?

—Lasaña.

—¿En serio?

Se me acaba de caer el alma a los pies.

—Creía que te encantaba la lasaña.

Me sorprende que lo recuerde, pero así es Hugo.

—Eso era antes de que Bel decidiera que las dos debíamos atiborrarnos a comida italiana para meterse en situación.

—¿Por fin va a hacer ese viaje?

—Por fin —corroboro—. Me tiene hasta la peineta de la cancioncita *Dolce Vita*. —Hugo se troncha—. En serio, está fatal. ¿Sabes que me habla en italiano?

—Me preocuparía más que tú le respondieras en el mismo idioma.

—Ya lo hago, pero sin ningún sentido. —Mi excuñado me mira a la espera de que continúe, y eso hago—: Le digo lo primero que se pasa por la cabeza y que acabe en «ini». *Fetuccini*, *capullini*, qué sé yo. Y, cuando no se me ocurre nada, le suelto un *«porca miseria!»* y me quedo tan ancha.

Él vuelve a troncharse.

—¿Quieres que prepare otra cosa? —me pregunta cuando se nos pasa el ataque de risa.

—Qué va, la lasaña está bien. De hecho, es uno de mis platos favoritos.

Lo sigo hasta la cocina y me agacho frente al horno hasta pegar la nariz a la puerta. Huele de maravilla.

—¿Te apetece una copa de vino?

—¿Voy a necesitarla?

No sé para qué pregunto.

En realidad, ya conozco la respuesta.

Lo cual solo incrementa mi preocupación con respecto a lo que sea que tiene que contarme. Así que espero que lo haga pronto, porque estoy a un cuarto de hora de ponerme histérica.

—Es probable.

—Joder, Hugo.

Me sale del alma.

—¿Prefieres que te mienta?

—Eso nunca.

Descorcha la botella y llena dos copas. Está bueno. El vino, me refiero. Quizá demasiado. Aunque no hay mal que por bien no venga. Nos acomodamos en la mesa en cuanto prepara nuestros platos. He de decir que la lasaña está increíble, pero soy incapaz de disfrutar de la comida.

—¿Qué tal está tu madre?

—Bien, como siempre, ya sabes. —Hugo siempre tan amable y considerado, pero en este tema en concreto no puedo corresponderle—. Me vas a permitir que no pregunte por la tuya —añado justo antes de llevarme la copa de vino a los labios.

—No esperaba menos.

Mi excuñado se ríe.

—Supongo que sigue fresca como una lechuga.

—Sí.

—Mala hierba…

Juro que soy una buena persona, de verdad que sí, de las que saben que no hay que desear el mal a nadie, aunque para todo en la vida hay una excepción. Eso de perdonar y poner la otra mejilla queda muy bien sobre el papel, pero yo no soy una hipócrita. Así que lo mejor será cambiar de tema.

—¿Vas a contarme qué pasa? —suelto de golpe.

Puede que haya sido demasiado brusca, pero es que no aguanto más con esta angustia que tengo en el cuerpo desde que apareció en el Oberón.

—¿No prefieres que acabemos de comer primero? —propone.

Y los dos sabemos que solo intenta aplazar «la conversación».

—No —aseguro. No pienso dejar que cambie de tema. Necesito saber qué ocurre. Y necesito saberlo ya—. Tengo el estómago cerrado.

Abandono los cubiertos sobre el plato y me recuesto sobre la silla. Expectante.

—Que quede claro que te lo cuento porque creo que tienes que saberlo.

Apoya los codos sobre la mesa y cruza los dedos de las manos.

—Por Dios, Hugo. ¡Suéltalo de una vez!

—Va a casarse.

—¿Cómo dices?

No hace falta que me diga a quién se refiere. Lo he entendido a la perfección, pero no puede ser.

—Víctor. Va a casarse. Con Laura.

Me quedo en *shock*, paralizada, muda, muerta.

Hugo sigue hablando, pero yo ya no lo escucho. Su voz no es más que un ruido en mi cabeza, molesto como el zumbido de un mosquito en mitad de la noche.

El corazón me late con demasiada fuerza.

Los ojos me arden.

Creo que voy a vomitar.

—Tengo que ir al baño.

Empujo la silla y el chirrido de las patas al deslizarse por el suelo de madera me provoca escalofríos.

—Bianca.

Hugo me agarra del brazo para retenerme cuando paso a su lado y me mira con pena.

No soporto que la gente me mire con pena.

Tampoco escuchar ese «pobrecilla».

Ni dentro ni fuera de mi cabeza.

No necesito la compasión de nadie. No la quiero.

—Estoy bien —miento—. Enseguida vuelvo.

Atravieso el pasillo y me encierro en el baño con el corazón a punto de salirse del pecho.

«Víctor va a casarse», repito una y otra vez.

Será desgraciado.

Me fuerzo a recordar todo lo que ha dicho Hugo y saco el teléfono móvil del bolsillo para abrir la aplicación de Instagram. Sé que no debería hacerlo. Sé que va a hacerme daño, pero soy incapaz de detener el movimiento de mis dedos sobre la pantalla. Y ahí está. La maldita invitación de boda.

No quiero llorar, de verdad que no, pero no puedo evitar hacerlo. Y me odio por ello, aunque esas lágrimas que se deslizan por mis mejillas en medio de un silencio atronador no sean fruto del dolor, sino de la rabia.

—Bianca. —Los golpes en la puerta me devuelven a la realidad, a este baño en el que llevo encerrada más tiempo del que debería—. ¿Estás bien?

—Sí, sí —respondo con un hilo de voz mientras aparto las lágrimas a manotazos—. Enseguida salgo.

En otras circunstancias accionaría la cisterna para disimular, pero a estas alturas de la historia no hay necesidad de hacerlo. Los dos sabemos que mi encierro poco tiene que ver con la dudosa excusa de que me haya sentado mal la comida.

—Bianca…

Yo niego con la cabeza. Él no termina la frase.

—No digas nada, por favor. —Cojo mis cosas del perchero del recibidor y sujeto el pomo de la puerta con determinación—. Hablamos mañana, ¿vale?

—Vale.

El frío de noviembre me recibe al abrir el portal. Me pongo la bufanda, aprieto el abrigo contra mi cuerpo y emprendo el camino de vuelta a casa con la cabeza a punto de estallar.

No tendría que haber venido.

Quizá lo que no tendría que haber hecho nunca es mantener el contacto con Hugo. Hubiera sido más fácil para todos. Desterrarlo de mi vida como hice con el resto de su familia. Ojos que no ven, corazón que no siente. Pero de nuevo es tarde para lamentaciones. El daño ya está hecho. No hay vuelta atrás.

Camino sin rumbo. Perdida. Ausente. Ni siquiera siento

este maldito frío que se te mete en los huesos hasta que mis pasos se detienen en un paso de peatones y la sucesión de pitidos de mi teléfono móvil me saca del trance. Rebusco en el bolso hasta encontrarlo y consulto el WhatsApp.

BEL
Bianca, ¿dónde estás? ¿Estás bien?

No me cabe la menor duda de que Hugo la ha llamado y que mi hermana ya está al tanto de la situación, y, en consecuencia, preocupada.

BIANCA
Tranquila. Estoy llegando a casa.
Ahora hablamos.

BEL
OK.

Casi puedo escuchar el suspiro de alivio que ha acompañado a su respuesta.

Capítulo 5

El capítulo más triste de la historia

Bianca

Sé que debería contaros qué pasó con Víctor, pero no sé ni por dónde empezar. Víctor fue el amor de mi vida, mi amigo, mi compañero y el verdugo que me condujo a la horca para colgarme en mitad de una plaza llena de gente. Creo que ese es el símil más acertado. Enseguida entenderéis por qué.

Víctor y yo nos casamos una tarde de agosto, y el que se suponía que debería haber sido el día más feliz de mi vida se convirtió en un infierno cuando Belinda —que buscaba un lugar más «íntimo» para enrollarse con el ligue de turno que se había agenciado en la boda— se encontró a mi recién estrenado marido en la lavandería del restaurante entre las piernas de una de las invitadas, con los pantalones en los tobillos.

Sí, es exactamente lo que parece.

Sobra decir que se desencadenó el apocalipsis, porque a aquel esperpento había que sumarle que la chica no era una invitada cualquiera. No. Para nada. Era una supuesta prima que había llegado unos días antes de Barcelona. Como ya os imaginaréis, ni era prima ni era nada, y a mí me habían tomado el pelo entre los tres. ¿Por qué digo «entre los tres»? Pues porque resulta que mi recién estrenada suegra también estaba metida en el ajo.

Víctor y Laura se habían conocido unos meses antes por Internet y empezaron a hablar, hasta que las charlas se convirtieron en tonteo, en mensajes y videollamadas subidas de tono. Ni supe cómo ni quise saberlo, ¿para qué? ¿Para hacerme mala sangre? Ya tenía suficiente sin conocer todos los detalles.

Nunca se habían visto en persona. Hasta el día antes de nuestra boda. Sí, amigas, Laura sabía que Víctor iba a casarse. Al menos, con ella había sido sincero el muy mamarracho.

¿Qué clase de mujer se presenta en la boda del tío con el que lleva meses coqueteando? ¿Y con qué propósito? A la vista está que no era otro que llevárselo al huerto, pero ya hay que tener mal gusto para hacerlo en esas circunstancias.

Y al mismo tiempo, ¿qué clase de hombre invita a esa mujer a su boda? ¿Por qué siguió adelante si tenía dudas? ¿Por qué no se lo pensó mejor antes de pronunciar el «sí, quiero»? ¿Por qué no se acercó a mí y me dijo: «Oye, Bianca, creo que no estoy seguro de esto»? ¿Me hubiera cabreado? Obvio. Muchísimo. Pero era mejor eso que el espectáculo que dimos en aquel restaurante.

Y lo que es todavía peor, ¿qué clase de persona tapa todo el asunto, aloja en su casa a esa mujer y me la presenta como su sobrina sin que le tiemble la voz? Sí. Mi exsuegra. Una «señora» que no se merece ni el asco que le tengo.

¿Cómo pudo hacerme eso después de tantos años de relación? De comidas los domingos, Navidades, cumpleaños y un sinfín de eventos familiares. Después de todo eso, esa señora me miró a los ojos y me mintió a la cara. Y lo siento, pero no me vale eso de que por un hijo se hace cualquier cosa, que todo tiene un límite y hay que tener principios. Ni siquiera me pidió perdón.

Nadie.

Nunca.

En resumen, mi «felices para siempre» duró menos de seis horas. Tardé más en divorciarme. Ojalá hubiera podido solicitar la nulidad matrimonial para borrar ese episodio de mi «expediente», pero por desgracia no cumplía ninguno de los requisitos.

Sigo sin saber si fui una ingenua o una completa idiota. Lo que sí sé es que todo lo que ocurrió aquella tarde de agosto se quedó grabado a fuego en mis entrañas. Han pasado casi tres años y, si lo pienso, todavía puedo sentir la humillación. No se lo deseo ni a mi peor enemigo.

Recuerdo con exactitud cada palabra, cada sonido, cada gesto. Las caras de estupefacción de los invitados. Los puños apretados de Hugo, que no podía creer lo que estaba pasando. Los gritos de mi hermana, a la que tuvieron que agarrar para que no utilizara a mi futuro exmarido como saco de boxeo. Mis ojos hinchados. La serenidad de mi madre mientras me arrastraba hacia el coche y la inmensa calma que me transmitió mi padre cuando, una vez en casa, se sentó a mi lado en el sofá y me acurrucó en su pecho. La confesión de Víctor, que me rompió en pedazos. No solo ese día, porque todas y cada una de sus palabras se repetían en mi cabeza como un mantra infinito.

Ojalá no recordara nada.

Mi hermana se ocupó de los trámites para cancelar mi luna de miel en Costa Rica. La habíamos contratado en la agencia de viajes en la que ella trabajaba por aquel entonces. Bendita la hora en que me convenció para incluir aquel seguro de cancelación tan completo, a la par que carísimo, aunque siendo francos, y viendo lo que pasó, me salió muy barato. Contraté una empresa de mudanzas para sacar mis cosas del piso que compartía con Víctor y me instalé de forma provisional en el piso que Belinda tenía —y tiene— alquilado, a un rellano de distancia de la que fue nuestra casa hasta que nos independizamos. Aunque, en el caso de mi hermana, lo de independizarse fue un eufemismo en toda regla, porque, al principio, solo pisaba su casa para dormir.

Si echo la vista atrás y me pongo en plan místico, creo que el universo intentó enviarme señales para advertirme de que orbitaba un planeta desierto en el que nunca podría hacer nido, pero no supe interpretarlas.

En la despedida de soltera, sin ir más lejos, mis amigas alquilaron una limusina para desplazarnos como si fuéramos estrellas de cine, con chófer uniformado y champán del bueno. ¿Sabéis qué pasó? Que el glamur que me prometieron se fue al garete cuando tuvimos que empujar la maldita limusina —que se había quedado sin batería— de camino al restaurante, mientras seguíamos las instrucciones del chófer, que nos convenció de que podía arrancarla a la vieja usanza en un abrir y cerrar de ojos. Para colmo de males, la limusina era propiedad del restaurante, y era la única que tenían. Solo teníamos dos opciones: intentar que arrancara o esperar a la grúa. Así que allí estábamos, en tacones, y en medio del pitorreo del resto de conductores —porque ninguno se ofreció a ayudarnos a arrastrar aquel engendro del demonio—. ¡Qué va! Estaban demasiado ocupados haciendo sonar las bocinas de sus coches mientras se tronchaban de risa con la escena.

Y la cosa no quedó ahí. El día de la boda me quedé encerrada en el ascensor del edificio de mis padres. Un cubículo claustrofóbico del que me sacaron, casi una hora después, al borde de un paro cardíaco. No he vuelto a subirme en un ascensor desde entonces.

Pero, si dejo el misticismo a un lado, tal vez no fueran más que simples casualidades de las que ahora mismo me estaría riendo si las cosas no se hubieran torcido. Supongo que es más fácil echarle la culpa de nuestro destino a los designios del universo que asumir que es posible que, en algún punto del camino, no escogimos la opción correcta.

La mía no era Víctor.

Ahora lo sé.

Pero he pagado un precio demasiado alto.

Capítulo 6

El lado positivo

Bianca

Cuando abro la puerta, me encuentro a Bel en mitad del recibidor como si fuera un comité de bienvenida.

—¿Estás bien? —me pregunta preocupada.

Supongo que mis ojos hinchados hablan por sí solos.

—No —reconozco.

No tiene ningún sentido mentir.

Y tampoco necesito hacerlo.

—¿Quieres un abrazo?

Abre los brazos y me cuelo entre ellos sin dudarlo.

Mi hermana es terrible. Es una loca y una excéntrica, pero también es una persona sensata, coherente y centrada, aunque no le guste demasiado serlo. Y mi mejor amiga. Por encima de todo. No sé qué haría sin ella.

—Te ha llamado, ¿verdad?

Bel asiente y yo confirmo mis sospechas.

—El Cascanueces es un amor.

—¿Desde cuándo lo llamas así?

—Desde ayer —asegura con media sonrisa.

«La madre que la parió», pienso al recordar la conversación que tuvimos el día anterior, en la cocina, sobre el culo de Hugo y los frutos secos.

Me dejo caer en el sofá, apoyo la cabeza en el respaldo, los pies en la mesa baja que hay justo delante y me abrazo con fuerza a uno de los cojines, como si pudiera servirme de escudo contra todos los males. Bel se sienta a mi lado, de costado para quedar frente a mí, y nos mantenemos en

43

silencio. Yo intento ordenar mis ideas y ella, con paciencia —cosa que agradezco—, espera a que lo haga, hasta que suelto el aire de golpe y le cuento lo que ha ocurrido. Aunque estoy segura de que Hugo ya le ha contado lo básico.

—Mira el lado positivo —expone como si fuera una obviedad cuando termino mi relato.

—No hay lado positivo.

—Por supuesto que lo hay. Es el portazo definitivo.

—Querrás decir que es el guantazo definitivo, Bel —corrijo—. El tiro de gracia, la gota que colma el vaso… Llámalo como quieras, pero no veo la parte positiva de ninguna de las opciones.

Esto no va de positivismo, de ver el vaso medio lleno ni de mensajes motivadores, para eso ya tengo los azucarillos del café —esos que tanto odia mi hermana—, y os puedo asegurar que en un mal día no sirven de nada, porque solo quieres romperlos en pedacitos y pisotearlos.

—Te estás centrando en lo negativo, Bianca. —Por su tono sé que se avecina sermón—. Y lo siento, pero no. No me da la gana. Ya has superado esa mierda. ¿Lo pasaste mal? Sí, sin duda, pero fue lo mejor que te pudo pasar.

—Cuando dices que «fue lo mejor que me pudo pasar», ¿te refieres a descubrir que mi marido me engañaba el mismo día de nuestra boda?

Alucino.

—Mejor el día de la boda que cuando no pudieras pasar ni por el Arco del Triunfo por el tamaño de tu cornamenta, reina.

—Por Dios, Bel.

Es única dando ánimos.

—Y por la Virgen, Bianca —añade—. Sabes que tengo razón.

—Pero no hace falta que lo digas así.

—¿Así cómo?

—Con tan poco tacto.

—Si quieres que te digan las cosas con tacto, cruza el rellano y se lo cuentas a mamá.

¡Ay, madre!

La nuestra, para ser más exactos.

—Verás cuando se entere.

—Esta es capaz de presentarse en el juzgado y oponerse a la boda. —Asiento a las palabras de mi hermana, porque no me parece tan descabellado. Menuda es nuestra señora madre. Y tampoco es que guarde un buen recuerdo de Víctor—. También te digo que sería tontería oponerse. Si todavía se soportan, está claro que están hechos el uno para el otro. Son de la misma calaña.

—Todavía no me creo que vaya a casarse con ella. —Ni que lleven juntos casi tres años—. ¿Tú te casarías con alguien que le puso los cuernos a su mujer el mismísimo día de la boda?

—No, pero yo tampoco me acostaría con ese mismo tío en la lavandería del restaurante, que ya hay que tener el coño como una plaza de toros para hacer eso, también te lo digo. —El tacto de mi hermana vuelve a brillar por su ausencia—. Así que no intentes buscarle explicación, porque no la tiene. Al menos en este universo.

La melodía de mi teléfono móvil, que llega amortiguada desde el fondo de mi bolso, interrumpe nuestra conversación.

—¿No vas a cogerlo?

—Seguro que es Hugo.

Me ha llamado al menos tres veces desde que salí de su casa, a pesar de que le dije que hablaríamos mañana. Y sé que debería contestar para, al menos, decirle que estoy bien, que no se preocupe, pero ahora mismo no me siento con fuerzas para hacerlo.

—Pues con más motivo, Bianca. —Bel intenta convencerme de que responda—. Está preocupado.

—Pues cógelo tú y dile que estoy bien.

—No soy tu secretaria —espeta, ofendida.

—¿Qué te cuesta?

—Él no tiene la culpa.

—Lo sé.

—¿Entonces?

—No te imaginas el drama que he montado.

Me tapo la cara con las manos y la miro a través de la rendija que queda entre mis dedos.

—¿Crees que te lo va a tener en cuenta?

—No lo sé.

—Pues coge el teléfono y salimos de dudas.

Mi hermana se levanta del sofá, se acerca al recibidor y vuelve con mi bolso en una mano mientras, con la otra, revuelve el contenido hasta localizar mi teléfono y entregármelo.

—Pues no era Hugo —confirmo en cuanto desbloqueo el terminal y compruebo la última llamada—. Era mamá.

—Ha olido la sangre.

—¿Me acompañas a hablar con ella? —le suplico con la mirada.

—¿Bromeas? —Se levanta del sofá de un salto—. Yo eso no me lo pierdo.

Os ahorraré la retahíla de improperios que doña Helena, nuestra señora madre, soltó por la boca durante nuestra conversación, porque no son aptos para todos los públicos.

—Llama al Cascanueces.

Insiste Bel en cuanto volvemos al apartamento, a las tantas, porque nuestra madre se ha empeñado en que nos quedáramos a cenar. Menos mal que mañana no me toca abrir el café, porque algo me dice que la noche va a ser larga.

Me doy una ducha con la esperanza de que las malas vibraciones del día se vayan por el desagüe y me encierro en mi dormitorio. Me tumbo sobre la cama sin deshacer y desbloqueo el móvil.

HUGO
Solo dime que estás bien. Por favor.

Salgo de la aplicación y marco su número. Hugo descuelga al primer tono.

—Bianca.

—Lo siento —saludo.

—¿Por qué me pides perdón?

—Por montar una escena.

—¿Eso era una escena? —Intenta sacarle hierro al asunto—. Vas a tener que subir el nivel, porque las he visto peores. —Carraspea—. Bastante peores.

—Gracias por llamar a mi hermana.

—No tienes que darme las gracias, Bianca.

—Pero quiero hacerlo.

—Si quieres agradecérmelo, tráeme más *crêpes*.

¿He notado una sonrisa al otro lado del teléfono? Sin duda.

—¿Te las has comido todas?

Me sorprendo, porque no eran pocas.

—¿Lo dudabas?

—Por Dios, Hugo.

—Estaban de muerte.

—¿Dónde metes todo lo que comes?

En serio, tengo mucha curiosidad. El tío come como un luchador de sumo y parece que la grasa le resbala.

—Tengo un cuerpo agradecido.

«Claro, porque todo el deporte que practicas no tiene nada que ver», pienso.

Hugo es profesor de educación física en un instituto,

pero, por si no tuviera suficiente con dar clase a todos los alumnos de la ESO, juega al pádel tres veces por semana, va al gimnasio y practica no sé cuántas cosas más.

—Lo que tienes es más cara que vergüenza —respondo entre risas.

Con lo mal que pintaba esta conversación cuando me decidí a llamarlo, jamás hubiera apostado por que terminaríamos hablando de *crêpes*, como si nada.

—Es parte de mi encanto.

—¿Qué encanto? —me burlo.

Y mientras él se enreda justificando su larga lista de virtudes, yo me acurruco en la cama, bajo las sábanas, y finjo que le presto atención hasta que se me escapa un sonoro bostezo.

—¿Tanto te aburro?

Se hace el ofendido.

—Ha sido un día muy largo.

—A mí me lo vas a contar…

«Y tanto», pienso, porque soy muy consciente de que su situación tampoco es fácil.

Me quedo dormida con el teléfono móvil todavía en la mano.

Lo sé porque a la mañana siguiente me despierto en la misma posición.

Capítulo 7

La *dolce vita*

Bianca

Odio los lunes. Y que conste que no es por mí, sino por el resto de gente. La mayoría camina con el ceño fruncido, con prisas, agobio, decepción. Es como si llevaran una nube negra sobre sus cabezas y una tormenta en el interior. Lo único que ansían es que termine el día. Y, ya que estamos, la semana, como si pudiéramos permitirnos el lujo de desperdiciar el tiempo.

En ese sentido siempre he creído que en el mundo hay dos tipos de personas: las que se despiertan cada mañana pensando que es un día más y las que lo hacen pensando que es un día menos. Los primeros creen que disponen de todo el tiempo del mundo. Los segundos son los que de verdad «viven», porque saben que nada es eterno.

El tintineo de la campanilla me recibe en cuanto abro la puerta del Oberón y mis pulmones se llenan de calma. Huele a bizcocho, a galletas, a café recién hecho, a hogar.

La voz de Franco Battiato se cuela a través del hilo musical y sacudo la cabeza mientras sonrío, porque la obsesión de mi hermana no conoce límites y, por supuesto, eso incluye deleitar a los clientes con sus listas de Spotify de música italiana. A este paso, medio barrio se hace bilingüe. Os lo digo yo.

Saludo a Enrique —el dueño del quiosco de la plaza al que le compramos la prensa diaria— y a Jesús, otro de los vecinos del barrio. Los dos forman parte de ese grupo de clientes habituales que ya son casi familia.

Mi hermana sale de la cocina en el mismo momento en que me acerco a la barra. Tiene cara de cansada.

—¿Un día duro? —pregunto.

—Si yo te contara… —Arqueo una ceja y la invito a que lo haga. Bel resopla antes de hablar—: Entre el grupito de «mamis molonas» que se han puesto al día del fin de semana como si esto fuera un corral, la gente que tiene más prisa que educación y que me he cargado media vajilla porque se me ha caído la bandeja por culpa de un imbécil que estaba más preocupado por responder un mensaje que por mirar por dónde iba, deberían darme una medalla por no haberle prendido fuego al garito. Me ha faltado esto —añade mientras me enseña el pequeño espacio que queda entre sus dedos índice y pulgar.

La campanilla vuelve a sonar y a mi hermana se le tuerce el gesto.

—Mierda, el del TOC —murmura.

—¿Qué dices?

Busco con la mirada a quién se refiere y localizo a un chico, bastante joven, que toma asiento en una de las mesas vacías.

—Que ese tío tiene TOC.

—No seas frívola, Belinda —la reprendo, porque me imagino que el chico tendrá alguna manía y mi hermana ha decidido colgarle la etiqueta de trastorno obsesivo-compulsivo.

—Te lo digo en serio. Me lo contó la primera vez que vino —rebate ofendida mientras remueve la vajilla—. Ya te dije que la gente me cuenta su vida, pero como siempre crees que exagero… —me reprocha.

Y tiene razón, pero, le guste o no, suele ser muy pero que muy exagerada. Lo que no quita que, tras escuchar su relato, pueda entender que se presente en el café con una camiseta con mensaje como la dedicada a las abuelitas. Todo el mundo le cuenta sus dramas.

—Pues eso —concluye—. Martín, ¿has usado tú el plato

verde? —El aludido niega con la cabeza y Bel vuelve a centrarse en la búsqueda. Tenemos una vajilla dispersa. Lo que viene siendo un sinfín de platos con colores y estampados diferentes. Con topos, cuadros, lisos…—. Por Dios, que no se haya roto. ¡Aquí está!

Plato en mano, mi hermana se concentra en preparar el pedido de Andrés —que así se llama el muchacho— mientras me cuenta que le diagnosticaron el trastorno obsesivo-compulsivo hace apenas un par de años y el camino no fue fácil. Pasó de ser un chiquillo inquieto que saltaba de baldosa en baldosa por la calle a un adolescente con rutinas imposibles de soportar, y entender, para el resto del mundo. Como, por ejemplo, ducharse veintidós veces al día, lavarse los dientes uno por uno o abrir un brik de leche cada vez que pone su teléfono móvil a cargar porque cree que, si no lo hace, el dispositivo va a explotar. No son manías, es un ritual, y él tiene la necesidad imperiosa de hacerlo.

—Así que, cada vez que viene, tengo que ponerle tres tortitas, con tres trozos de fresa y tres de plátano en ese plato, ni una más ni una menos. Porque, de lo contrario, sucedería algo horrible.

—Madre mía… No me imagino lo angustioso que tiene que ser vivir así.

—Y que te tilden de chalado por ello —remata mi hermana.

«Y tanto».

Me parece muy injusto que este muchacho tenga la necesidad de justificar sus acciones para que no lo acusen de loco.

—¿Tú hoy no tienes clase? —pregunto tras consultar la hora en cuanto mi hermana regresa a la barra tras atender a Andrés.

—¡Mierda! —Bel sale disparada hacia el vestuario, aunque, antes de marcharse del café, vuelve a pasar por la cocina—. Por cierto, que casi se me olvida —expone—. Esta mañana he recogido esto al abrir el local. —Me tiende un sobre de papel bastante grueso de color gris—. Estaba en el suelo. Han debido de colarlo bajo la puerta. Es para ti.

—¿Para mí?

—Tiene que serlo —asegura—. Ábrelo.

Es lo último que dice antes de largarse y dejarme plantada con el sobre en la mano. Sigo sus indicaciones y saco una tarjeta de cartón, del mismo tamaño y color que el sobre, en el que aparece escrito, a máquina, el siguiente mensaje:

```
Era el planeta equivocado.
```

¿Qué demonios significa esto?

¿Se refiere a Víctor? Imagino que eso es lo que ha pensado mi hermana, de ahí que tenga tan claro que el sobre es para mí, pero ¿de qué va esto? ¿Quién lo ha dejado? ¿De verdad queda gente que escriba a máquina hoy en día?

Vuelvo a meter la tarjeta en el sobre y la guardo en un cajón de la cocina. No pienso dedicarle ni un minuto. Vamos. Como si no tuviera suficientes cosas en las que ocupar mi tiempo. Lo que no quita que, de vez en cuando, vuelva a pensar en la dichosa tarjeta y vuelva a formularme las mismas preguntas. El hecho de que ese sobre haya aparecido justo después de enterarme de que va a casarse no ha sido casualidad. Y no hay demasiadas personas que conozcan esa información, por lo que, por narices, ha tenido que ser una de ellas, pero ¿quién? No puedo acusar a nadie basándome en suposiciones.

Estoy tan absorta en mis reflexiones que ni siquiera escucho el tintineo de la campanilla de la puerta. La tarde se me ha pasado volando. Apenas quedan clientes y es casi la hora de cerrar.

—*Buonasera, mia cara!*

La voz cantarina de Bel inunda el café.

—¿Qué haces aquí?

Consulto el reloj, extrañada.

—He salido antes de la academia. —Se acomoda en la barra y apoya los brazos sobre la superficie de madera—. Y como soy la mejor hermana del mundo, he venido a echarte una mano. ¿Has leído la tarjeta?

—Sí —respondo con reticencia. Durante un rato me había olvidado de ella—. Dime que no es cosa tuya.

—¿En serio, Bianca? —pregunta ofendida.

—Entonces, ¿quién?

Porque, si de verdad no ha sido ella, estoy segura de que tiene alguna teoría.

—¿El Cascanueces?

¿Perdona? ¿Hugo? Imposible.

—¿Por qué iba a hacer eso?

—¿Por qué iba a hacerlo yo? —contraataca, indignada.

—Y yo qué sé.

La verdad es que solo sé que no sé nada. Como Sócrates. Será mejor dejar el tema antes de que me salga una úlcera.

—¿Por qué has salido antes?

Dudo de que lo haya hecho por voluntad propia.

—La profesora no se encontraba bien, ha debido de pillar un virus, porque ha ido a vomitar media docena de veces.

—A lo mejor está embarazada —insinúo.

—Pues no lo había pensado —medita ella—, pero, oye, si me ponen un sustituto macizo como Mariano Di Vaio, no pienso quejarme.

—Mariano —repito—. El nombre es un poco feo, ¿no?

—Horroroso, *mia cara*, pero es lo único que tiene de feo.

Mi hermana me enseña una foto del susodicho en la pantalla de su teléfono, y puedo confirmar y confirmo que el chico feo, lo que se dice feo, no es. Para nada.

—¿No se parece un poco a…?

No le dejo ni terminar la pregunta, porque sé a quién se refiere.

—Sí. —Arqueo una ceja—. Tiene un aire.

—¿Un aire? Una galerna, más bien —responde—. Aunque para galerna la que le pegaba yo a este.

—Por Dios, Bel.

—Y por la Virgen, Bianca. Y, si me apuras, por todos los santos. Pero ¿tú has visto a este tío? Que está para atarlo a la cama y no dejarlo salir jamás. —Es bruta como un arado—. Eso sí que iba a ser la *dolce vita*.

—Anda, anda… —Sacudo la cabeza, porque esta mujer es de lo que no hay—. Ayúdame a recoger y nos vamos a casa, que yo sí que no puedo con mi vida.

—*Andiamo!*

Dos días después, confirmamos nuestras sospechas. La profesora de Bel está embarazada. Embarazadísima, para ser exactos, porque espera gemelos. Y aunque el sustituto no es el doble del tal Mariano, parece ser que tampoco es cojo ni manco ni bizco y, mucho menos, feo. Y, si os digo la verdad, temo por ese pobre chico, porque viendo la camiseta con la que mi hermana piensa ir a la academia esta tarde, que reza CERCO CRUSH PER RELAZIONE STABILE —o lo que es lo mismo: «Busco *crush* para relación estable»—, no sabe lo que se le viene encima.

Capítulo 8

El club de lectura

Bianca

Observo nuestro «rincón de lectura» y, agazapada tras el mostrador, hago una foto con todo el disimulo que puedo para enviársela a mi hermana.

> **BIANCA**
> ¿No decías que iban a ser cuatro gatos?

> **BEL**
> ¡La Virgen! ¿De dónde ha salido toda esa gente?

> **BIANCA**
> Según Ana, han venido guiados por el olor de nuestros pasteles.

Que conste que el comentario me hizo gracia, porque Hugo dijo algo parecido la última vez que estuvo aquí. ¿Será verdad que nuestra repostería atrae a las masas?

> **BEL**
> Anda, mira, como el flautista de Hamelín.

No, encima pitorreo. Será sinvergüenza.

BIANCA
Belinda, no me toques la flauta, que he preparado un millón de *crêpes* y tengo los expositores vacíos. ¡Vacíos!

BEL
¿Necesitas que vaya a echarte una mano?

BIANCA
No, tranquila, Claudia y yo lo tenemos controlado.

BEL
Mejor, porque estaba a punto de poner una peli ñoña para echarme la siesta.

BIANCA
Serás cabrona.

Cinco segundos después, recibo una fotografía suya, en el sofá, con el pijama puesto, en la que la muy petarda me saca la lengua.

BIANCA
Rectifico: eres MUY cabrona.

Y, aunque yo no me hago un *selfie*, sí le envío el emoticono con los ojos achinados y la lengua fuera.

Mientras Claudia se ocupa de atender a los clientes, yo me encierro en la cocina para preparar algo con lo que llenar nuestros maltrechos expositores, porque apenas son las cinco y todavía queda mucha tarde por delante. Un par de bizcochos y tortitas deberían bastar.

—Bianca, creo que me he enamorado.

Claudia está apoyada en el marco de la puerta con los ojillos brillantes y cara de alelada. Lo siento, pero no encuentro otra palabra para describir su estado.

—Ajá —murmuro mientras recojo el desastre de cacharros sucios que he dejado a mi paso. Claudia se enamora unas tres veces por semana, así que no es ninguna novedad—. ¿Y quién es el afortunado?

—El moreno de gafas que está sentado al fondo. —Asomo la cabeza y localizo al chico en cuestión, que es uno de los integrantes del club de lectura—. No me digas que no es monísimo —ruega.

Y yo no sé cómo decirle que sí, aunque no esté en absoluto de acuerdo con esa afirmación.

—Parece interesante.

Es lo único que se me ocurre para salir por la tangente. Y por muy increíble que parezca, funciona. Qué razón tiene mi hermana cuando dice que «entendemos lo que queremos entender», porque a ojos de Claudia acabo de darle la razón. Y ni por asomo.

—Creo que yo también le gusto.

¡Madre del amor hermoso!

—¿Crees?

—Sí, lo he pillado unas cuantas veces mirándome.

Pues si ella lo dice no seré yo la que diga lo contrario.

Ana se acerca a nosotras en cuanto terminan la reunión.

—¡Ha sido un éxito, Bianca! —exclama—. ¡Un éxito! La gente está encantada.

—¿Sí? Me alegro. Estaba algo preocupada, porque, si te soy sincera, no pensaba que seríais tantos.

—Es que nunca se había apuntado tanta gente, pero en cuanto dijimos que la reunión se celebraría aquí se dispararon las confirmaciones de asistencia. Y es comprensible. No es lo mismo el sótano en el que nos reunimos habitualmente que esta maravilla. —Ana señala todo cuanto nos rodea y a mí se me llena el pecho de orgullo—. Vamos, es que en cuanto nos arreglen la gotera yo me cargo una tubería, de verdad te lo digo.

Y no estoy del todo segura de si lo ha dicho en serio, pero con la caja que hemos hecho esta tarde, gracias al club de lectura, no descarto ofrecerle mi ayuda para el sabotaje de las instalaciones de la biblioteca.

—¿Nos vemos la próxima semana, entonces? —me pregunta, ilusionada, suplicando un «sí».

—¿El jueves a las cinco? —Ana asiente—. Una última cosa: ¿es posible que me digas el número aproximado de asistentes con algo de antelación para organizarme?

—El miércoles, en cuanto cerremos las inscripciones, te lo confirmo. ¿Te parece? —Yo asiento y ella sonríe.

—¿Puedo apuntarme para la semana que viene? —se interesa Claudia.

Y yo aprieto los labios para no reírme, porque, por mucho que le guste la lectura, este repentino interés poco tiene que ver con los libros y mucho con el moreno de gafas que en este preciso instante recoge sus pertenencias para marcharse mientras nos mira de reojo.

—¡Por supuesto! Cuantos más mejor. —Se emociona Ana—. Este mes lo dedicamos a lecturas navideñas, casi todo son relatos para que nadie se quede atrás. Ya sabes, estas fechas son complicadas y la gente tiene un montón de compromisos —explica—. La próxima semana comentamos *Nueve días de diciembre*.

—No me suena, pero lo buscaré —responde Claudia.

El moreno pasa frente a la barra en ese preciso instante.

—Hasta la semana que viene —el chico se despide de Ana.

—Hasta el jueves, Tor.

—¿Tor? —Se interesa Claudia cuando él abandona el local—. ¿Como Thor?

Claudia gesticula y a Ana y a mí nos queda claro a quién se refiere. Y mientras Ana aguanta el tipo con estoicismo, a mí se me escapa la risa, porque el chiquillo de dios nórdico no tiene ni el blanco de los ojos.

Lo que todavía no sabía era que la cosa estaba a punto de empeorar.

—Que no salga de aquí. —Ana se acerca a nosotras y baja el tono de voz para asegurarse de que nadie más puede oír lo que va a decirnos—. Se llama Torcuato, pero no le gusta demasiado su nombre.

—¿Como Torcuato Luca de Tena? —pregunto con una sonrisa.

Recuerdo con cariño aquel ejemplar de *Los renglones torcidos de Dios* que mi padre tenía en la mesilla de noche y que había releído más veces de las que ni él mismo podía recordar. Siempre decía que era una obra maestra de la literatura y que teníamos que leerlo. Y que conste que lo intenté. De verdad que sí. Varias veces. Pero ninguna de ellas conseguí pasar del primer capítulo.

No pongo en duda el criterio de mi progenitor en lo que a literatura se refiere, pero ese… No sé ni cómo llamarlo. ¿Lenguaje extraño? ¿Castellano antiguo? En fin, que no era para mí.

—Su padre es muy fan.

—Y un poquito capullo —murmura Claudia con cara de decepción—. Porque ya le vale ponerle ese nombre al pobre chaval.

Y no me cabe la menor duda de que mi hermana estaría totalmente de acuerdo con la opinión de Claudia.

—Alguien se ha dejado esto.

Claudia sacude en el aire una libreta negra con las tapas de cuero.

—Pues ya volverá cuando se dé cuenta.

—Eso suponiendo que recuerde dónde la ha dejado.

Abre el cuaderno y lo ojea.

—No seas cotilla —la reprendo.

Pero ella me ignora y sigue centrada en su tarea.

—Son dibujos, y muy buenos, por cierto. —Estudia cada página hasta que algo llama su atención—. ¡Hostia!

—¿Qué pasa?

Me asusto.

—¿Esta soy yo?

Me muestra el dibujo en el que se ha detenido y estoy bastante segura de que la chica que aparece en la ilustración es ella.

—Yo diría que sí.

Desde luego, el dibujo es buenísimo. Y no le falta detalle.

—Necesito saber de quién es la libreta —asegura.

Y no es la única, porque yo también necesito saberlo.

El café recupera la «normalidad» tras la avalancha de lectores y el resto de la tarde transcurre como de costumbre, aunque no conviene confiarse, porque, en el Oberón, puede pasar cualquier cosa.

Como que Torcuato vuelva al café, por ejemplo. Y que mientras él se acerca a la zona en la que tuvo lugar el club de lectura y rebusca entre los cojines del sillón en el que, juraría, se sentó, Claudia y yo nos preguntemos si es el propietario del cuaderno mientras lo observamos desde la barra.

—Perdona, ¿por casualidad no habréis encontrado un cuaderno negro?

¡Bingo!

Es Claudia quien se apresura a entregárselo. Yo prefiero ver el folletín que se avecina desde la barrera. Entre otras cosas, porque ahora mismo, para estos dos, soy invisible.

—¿Puede ser este?

—¡Menos mal! —El chico respira aliviado con el cuaderno en sus manos—. No sabía dónde lo había dejado.

—Estaba en el suelo, medio escondido bajo el sofá —le explica ella sin apartar sus ojos de él.

—Muchas gracias. Perdona, no sé tu nombre.

—Claudia.

—Muchas gracias, Claudia. Yo soy Tor.

Él se acerca para darle dos besos. Y a mí me faltan las palomitas.

—¿Tor? No es un nombre muy común.

—Es una larga historia.

—Espero que algún día me la cuentes.

—Puede que lo haga.

¡Madre mía, madre mía!

La cosa se está poniendo de lo más interesante.

Verás cuando se lo cuente a Bel.

Capítulo 9

La TOR-menta perfecta

Bianca

Definitivamente, no ha sido buena idea contárselo a Bel. Para nada. Más me hubiera valido quedarme calladita, porque, sin querer, he desencadenado el apocalipsis.

—¿No has traído paraguas? —le suelta a Claudia en cuanto esta pone un pie en el café. Y podría parecer una pregunta inocente, pero no—. Han dicho en el telediario que se avecina TOR-menta.

Claudia pone los ojos en blanco y mi hermana se desternilla. Lleva así tres días. Tiene a la pobre Claudia más quemada que la moto de un *hippie*. Que si «qué TOR-peza la mía», que si «hoy me apetece TOR-tilla», «ese cuadro está un poco TOR-cido», o «¡vaya!, se te ha caído un TOR-nillo».

Yo, de verdad, no sé de dónde saca tanta inventiva. Es más, no descarto que, por las noches, consulte el diccionario para obtener material para el día siguiente. Y eso que todavía no sabe —aunque se enterará tarde o temprano— que el chico se llama Torcuato. Ninguna de las dos se ha atrevido a decírselo, porque, como es obvio, la cosa solo puede ir a peor. Así que mi hermana sigue pensando que lo de Tor es consecuencia de que en su familia haya algún *friki* de Marvel.

—¿Tú no tienes que irte ya? —la despacho de mala manera.

—No tengo prisa, TÓR-tola mía.

La madre que la trajo.

Le lanzo un azucarillo que esquiva por los pelos sin dejar de reírse de sus propios chistes.

—¡Que te vayas!

—Vale, vale. —Levanta las manos mientras camina hacia atrás, en dirección a la puerta—. Ya me echaréis de menos.

—Ya te digo yo que no, ¿verdad, Claudia?

La aludida me da la razón y mi hermana tuerce el gesto.

—Sois unas rancias.

Es tremenda. De verdad os lo digo.

La tarde transcurre de forma tranquila. Clientes, encargos, alboroto. Lo de siempre, vaya. Estamos a punto de cerrar cuando lo veo entrar por la puerta.

—Oh, no, ¿otra vez tú? —Lo señalo con el dedo. Me niego a recibir más malas noticias—. Ni hablar, vete. —Gesticulo como una loca, como si pudiera empujarlo hacia la puerta con el aire que remuevo con las manos—. Tengo el cupo de desastres cubierto para los próximos diez años.

—¿Por qué tiene que ser un desastre?

—Porque tú siempre vienes acompañado de desgracias.

A las pruebas me remito. La última vez que apareció por aquí no salí muy bien parada.

—No siempre.

—Hugo…

—Bianca…

Se acoda en la barra y me mira sonriente.

Estoy segura de que esa sonrisa le ha abierto más puertas que una llave maestra.

—¿Qué quieres? —me rindo.

—Hacerte una proposición.

—Espero que sea decente.

—No lo es.

Me quedo boquiabierta.

—No sé si quiero escucharla.

—Claro que quieres. —Nos mantenemos la mirada en silencio. ¿Qué está pasando aquí? Hugo parece leerme la mente, o la cara, porque añade—: No te asustes, no es nada sexual.

El solo hecho de que lo haya pensado es motivo de más para que me asuste.

¿Sexual? ¿Hugo y yo? Es para troncharse.

—¿Te apetece un café?

Necesito romper este momento de… No sé muy bien de qué.

—Prefiero una cerveza. Te ayudo a cerrar y la tomamos en otro sitio. —Se levanta cuando estoy a punto de responder y, antes de que lo haga, agrega—: Mañana no trabajas, así que no acepto un no por respuesta.

Diez minutos más tarde ocupamos una mesa en un bar cercano. Hugo da vueltas a su botellín de cerveza y yo hago lo propio con la cucharilla de mi infusión. Apenas hemos hablado desde que salimos del Oberón y yo ya no puedo con esta tensión.

—Suéltalo ya, por Dios.

—Quiero que vengas conmigo a la boda —dice de sopetón.

—¿A qué boda? —pregunto.

A ver si lo he entendido mal y voy a entrar en pánico para nada.

—¿A cuál va a ser?

Pues no.

No lo había entendido mal.

Detengo el movimiento de la cucharilla y lo miro fijamente… ¿De verdad acaba de pedirme que lo acompañe a la boda de mi exmarido y la mujer con la que me puso los cuernos?

—Estás de broma —afirmo con rotundidad.

Esto no puede estar pasando.

—En absoluto. Te lo digo muy en serio.

—¿Te has vuelto loco? —Es la única explicación lógica—. ¿Eres consciente de lo que pasaría si nos presentamos juntos en la boda?

—Sería una ofensa, un insulto, un escándalo.

—Exacto.

—Sería perfecto.

La sonrisa que acompaña a sus palabras me recuerda al Joker. Resulta inquietante.

Me quedo muerta.

Mi cabeza intenta encajar las piezas del puzle que Hugo me ha puesto delante, pero la explicación más coherente me parece tan descabellada que ni me planteo verbalizarla.

—No lo dices en serio —balbuceo y, al mismo tiempo, niego con la cabeza.

Este chico ha perdido el juicio.

—Es justicia poética, Bianca.

—¿Justicia poética? —repito—. Es una puñetera humillación.

—Solo lo sería si todavía te importase. —Resoplo molesta. No puedo creer que me haya propuesto semejante disparate—. Te estoy ofreciendo la posibilidad de pagarles con la misma moneda.

Sí, claro. Y de ponerme en ridículo.

—¿Por qué haces esto? —Necesito saberlo—. Es tu hermano, deberías estar de su lado. Y sin embargo, estás aquí, conmigo, urdiendo un plan para amargarle la boda. ¿Por qué?

—Ya te lo he dicho. Justicia poética. —Da un trago a su

66

cerveza—. Además, entre tú y yo, Laura me cae como el culo de mal.

—Es una locura.

—El concepto de locura es subjetivo.

—No puedo presentarme delante de toda esa gente como si nada. ¿Qué van a pensar?

—¿Qué más te da lo que piensen?

¿Qué más me da? O sea, alucino, en serio. Alucino mucho con este tío. Ahora mismo me pinchan y no sangro. Y yo que pensaba que era el único normal de su familia.

—Pues sí me da.

Queda muy bonito decir que nos da igual lo que piensen y digan de nosotros, pero no es verdad. A nadie le gusta estar en el centro de la diana.

—Pues no debería.

Qué fácil es decirlo.

Qué maravilloso debe de ser que todo te resbale, pero no es mi caso.

—No sé qué decirte, Hugo.

Ya he dejado claro que esto me parece una ida de olla del tamaño del sistema solar.

—Entonces di que sí.

—Tengo que pensarlo.

Y lejos de intentar convencerme, respeta mi decisión.

—Vale.

—¿Vale? —pregunto con recelo.

Agradezco que no insista, pero me sorprende que se haya rendido con tanta facilidad.

—Esperaba un «no» rotundo. —Se encoge de hombros—. Así que ese «tengo que pensarlo» es música para mis oídos.

—Qué morro tienes.

—Dime que no te tienta la idea —afirma con una sonrisa llena de descaro.

Si soy sincera conmigo misma, debería decirle que sí,

que me tienta un poco, pero no quiero echar leña a una hoguera en la que puedo morir abrasada porque él parece ser el único que no se da cuenta de que se ha vuelto loco de remate, así que me limito a encogerme de hombros, como ha hecho él, y terminar mi infusión, que se ha quedado fría, de un sorbo.

«Verás cuando se lo cuente a Bel», pienso. Y al segundo siguiente sacudo la cabeza y descarto el pensamiento. Sé lo que diría. Le daría la razón a Hugo e intentaría convencerme para que aceptara su proposición. Así que mejor me quedo calladita, que estoy más guapa.

—¡Hola! —saludo cuando abro la puerta de casa.

—¡Hola! —Asomo la cabeza y me encuentro a mi hermana en el sofá, con el pijama de franela y un bol enorme de helado de chocolate—. ¿Qué tal te ha ido con el Cascanueces?

¿De verdad va a llamarle siempre así?

—Bien —respondo con sequedad mientras me desprendo del abrigo, la bufanda y el bolso.

—¿Has aceptado su propuesta? —Detengo mis movimientos y ladeo la cabeza en su dirección, incrédula—. ¿Creías que no me iba a enterar?

—¿Te lo ha contado?

Bel asiente, y yo palidezco.

A la mierda mi plan de guardar silencio.

—Y menos mal. —Hunde la cuchara en el helado—. Porque estoy segura de que tú no pensabas hacerlo.

Ignoro la pulla y voy a la cocina a por una cuchara. Cuando vuelvo al salón, se la muestro antes de sentarme a su lado para que le quede claro que va a tener que compartir el postre conmigo.

—Es una locura.

Es la frase que más he repetido durante la última hora, pero es que lo es.

—Pagaría por verla. ¿Te imaginas?

¿La verdad? Prefiero no imaginármelo.

Capítulo 10

Un giro dramático de los acontecimientos

Bianca

Diciembre llama a la puerta sin avisar. Los días pasan sin que apenas me percate de ello entre el bullicio previo a la Navidad, pero lo agradezco. El trabajo me ayuda a no pensar y, ahora mismo, eso es lo único que necesito para dejar de darle vueltas a la descabellada proposición de Hugo.

En la calle, un grupo de operarios se afanan en terminar la instalación de los pequeños altavoces encargados de amenizar a los viandantes con sus villancicos. Todo debe estar terminado para el encendido oficial de luces, que tendrá lugar el próximo fin de semana. Siempre me ha encantado esta época, aunque con el paso de los años, las ausencias y las bofetadas de la vida haya perdido algo de magia.

—El árbol ha quedado precioso, Bianca —comenta Patricia, la recepcionista del despacho de abogados que hay al otro lado de la calle.

El mismo despacho en el que trabaja Carlos.

—Gracias, Patri —respondo con una sonrisa.

Bel y yo nos pasamos buena parte del domingo sumergidas en la decoración del local. No tanto por el proceso en sí, porque tan solo hemos colocado el árbol de Navidad y eso nos llevó un cuarto de hora escaso. Los problemas, como siempre, fueron otros. El drama de todos los años, porque nunca recuerda dónde ha puesto los adornos y, cuando los encuentra, la mitad están descascarillados o rotos porque no tuvo ningún cuidado al guardarlos. Me veo en la obligación de contaros que mi hermana es la reencarnación del

Grinch y todos los años sin excepción desmonta el árbol con inquina y alivio, a partes iguales.

Por suerte —o no tanto, porque soy una persona previsora y ya me conozco el percal—, cada año compro adornos nuevos para suplir las carencias de los que perecen en la caja tras el paso del huracán Belinda.

—Coge un par de chocolatinas para los niños —le recuerdo a Patri.

Entre el espumillón, las bolas y todas esas cosas, colgamos figuras de chocolate y bastones de caramelo para los clientes.

—Recuérdamelo el viernes; si se las llevo hoy, me van a pedir chocolatinas toda la semana, y créeme cuando te digo que a mis hijos les sobra azúcar y a mí me falta energía.

Me fijo en su cara de cansada y le sonrío con comprensión.

—¿Sigue sin ponerse las pilas?

El marido de Patricia no es muy colaborador. Es cierto que trabaja más horas que ella fuera de casa, pero también que es lo único que hace. Todo lo demás, que no es poco, recae en ella.

—Creo que ni siquiera tiene el hueco donde hay que ponerlas. —Ambas reímos—. Lo quiero con locura, pero hay días en que lo tiraría por el balcón.

—Conozco la sensación.

Me pasa lo mismo con mi hermana. La adoro, pero a veces me saca tanto de quicio que la estrangularía sin remordimientos. El domingo, sin ir más lejos, estuve tentada de hacerlo la media docena de veces en las que mencionó la propuesta de Hugo e intentó convencerme de que tenía que aceptarla porque era una idea fantástica.

¡Fantástica!

Y por si no tuviera suficiente con el desequilibrio mental de mi hermana, esta mañana, al abrir el café, me he topado con otro sobre en el suelo. El segundo.

Busca tu camino y encuentra
tu propia órbita.

Lo he leído, he maldecido en sánscrito y he guardado el sobre en el cajón de la cocina después de enviarle un mensaje a mi hermana para informarla de mi hallazgo. Para colmo de males, la muy cretina se lo ha tomado a pitorreo. Ni qué decir tiene que yo no le encuentro la gracia por más que me empeñe en buscarla.

—¡Bianca! —Mi hermana entra en el café a la carrera y deja caer todo el peso de su cuerpo sobre la barra. Lo que me sorprende no es que llegue corriendo, es que llega temprano—. No te lo vas a creer. Acabo de ver a Martín con la chica del otro día. La que lo dejó medio atontado, ¿te acuerdas? —Yo asiento—. ¡Se estaban besando!

—¿En serio?

Claudia se muestra más entusiasmada con el cotilleo que yo.

—Sí, en serio, pero a lo bestia, ¿eh?, no os penséis que era un beso casto.

—¿Has venido corriendo solo para contarnos eso?

—¿Te parece poco? —Se sorprende por mi falta de entusiasmo. Sinceramente, si el pobre Martín ha encontrado a una chica con la que olvidar a mi hermana, me alegro por él—. Que se estaban besando, Bianca. ¡Besando!

—Ni que se lo estuvieran montando en plena calle.

No entiendo a qué viene tanto revuelo.

—Pues poco les faltaba… —murmura entre dientes.

Y no sé si estoy malinterpretando a mi hermana, pero parece mosqueada.

—¿Te molesta? —pregunto directamente.

Las señales que estoy captando son de lo más interesantes.

—¿A mí? En absoluto —niega en rotundo.

Sacude la cabeza con tanto énfasis que podría desencajársele. Me parece demasiado empeño para algo tan insignificante y no pienso dejarlo pasar. Ella, en mi lugar, no lo haría.

—Pues no lo parece.

—No flipes, que Martín no me interesa lo más mínimo.

—Ajá…

—Ajá, no, reina, que ya me conozco yo ese «ajá».

—Lo que tú digas, caramelito —me burlo, porque no se lo cree ni ella.

—Pero, entonces, ¿te gusta Martín?

Claudia echa más leña al fuego y mi hermana resopla como si con ello pudiera apagar las llamas.

—¡A mí qué me va a gustar! —reitera enfadada.

—¡Buenas tardes! —saluda Martín, que ha entrado en el café con una sonrisa de oreja a oreja.

—Qué contento te veo —murmura Bel con cierto retintín en la voz.

Y puede negarlo todas las veces que quiera, pero le molesta. La conozco como si la hubiera parido y sus palabras, su tono y su expresión corporal no dejan lugar a dudas.

Mi hermana sigue los movimientos de Martín mientras este se encamina al vestuario para dejar sus cosas. Claudia lo sigue porque ya ha finalizado su jornada y, en consecuencia, Bel y yo nos quedamos solas.

—¿Por qué no reconoces que te molesta que esté con esa chica?

—Porque no me molesta.

Miente como una bellaca.

—Por Dios, Belinda. —Pongo los ojos en blanco porque su tono es demasiado seco—. Que te ha faltado patalear.

Mi hermana me ignora y eso es preocupante. Lo normal en estas circunstancias sería que me soltara una de sus borderías. Pero no lo hace.

—Nos vemos esta tarde —se despide Claudia.

—¡Ay, coño, es verdad, casi se me olvida! —masculla Bel—. Te he traído algo. —Claudia y yo nos miramos intrigadas mientras Bel saca un paquete de su mochila y se lo tiende—. Considéralo un regalo de Navidad anticipado.

Parece que el cambio de rumbo de la conversación ha mejorado su humor.

Claudia rasga el envoltorio y, tras examinar el contenido, nos lo muestra con una enorme sonrisa.

—¡Me encanta! Muchísimas gracias, Bel, de verdad. ¡Es perfecta!

—Y de tu talla —recalca mi hermana al señalarse los pechos.

Como no podía ser de otra manera, se trata de una camiseta de color blanco que lleva una frase en la parte delantera escrita en negro: ERES EL *PLOT TWIST* QUE ESPERABA.

Leo el mensaje y no entiendo nada.

—¿Qué narices es un *plot twist*? —pregunto.

—Un giro en la trama —responde mi hermana, escueta.

No tengo ni idea de qué trama hablan. Y creo que se me nota en la cara, porque Claudia, por suerte, me da una explicación más detallada.

—Es un giro inesperado de la historia que tiene la relevancia suficiente como para cambiar el destino de los protagonistas. En resumen, es algo que nadie espera y que da un giro de ciento ochenta grados a lo que había ocurrido con anterioridad.

—Y la aparición de Tor es ese giro inesperado —añade Bel.

Y yo me tengo que morder la lengua para no decirle a mi hermana que, si aquí hay un giro inesperado, no es la entrada en escena de Torcuato, sino su repentino interés por Martín.

«Madre mía, menuda tarde les espera a estos tres», pienso.

Y lo peor es que voy a perdérmelo. O tal vez no.

—¿Sabéis? —La pregunta capta la atención de mis tres

interlocutores—. Creo que yo también voy a pasarme esta tarde por el club de lectura.

—¿Tú? —Se sorprende mi hermana—. Si ni siquiera te has leído el relato que van a comentar.

—¿Por qué estás tan segura de eso?

—¿Lo has leído? —pregunta con escepticismo.

—No. —Mi hermana arquea una ceja—. Pero podría haberlo hecho.

—Si quieres, puedo hacerte un resumen —me propone Claudia.

—Eso es trampa —protesta mi hermana.

Claudia ignora su comentario y se engancha a mi brazo para salir del café.

—Te lo cuento por el camino.

Y eso hace. Me cuenta, con pelos y señales, el argumento del relato navideño.

—Y, al final, resulta que le compra unos calcetines a ella también. —Hace un rato que me he perdido y ya no sé ni de qué personaje me habla—. ¿Y sabes qué pone? MATARÍA MONSTRUOS POR TI. ¿No te parece precioso?

—Precioso —confirmo sin prestarle demasiada atención, porque el insistente sonido de mi teléfono me lo impide.

Rebusco en el bolso hasta dar con él.

BEL
¿Se puede saber a cuento de qué viene este repentino interés por unirte al club de lectura? No querrás venir a cotillear, ¿verdad, hermanita? Eso estaría muy feo. Y no sería propio de ti.

¿Y sabéis una cosa? Tiene más razón que un santo, pero, como no pienso admitirlo, me limito a mandarle emoticonos con besos, porque sé que los odia.

Capítulo 11

En ocasiones, pasan cosas

Bianca

Han pasado cosas. Muchas cosas. Sin lugar a dudas, presentarme de nuevo en el café con la excusa de unirme al club de lectura ha sido una de las mejores ideas que he tenido en los últimos tiempos. ¡Madre mía, menudo folletín! Ríete tú de las series turcas. A ver por dónde empiezo.

Claudia y Tor.

Sí, sin duda son la mejor opción para abrir boca. Y es que… ¡son tan monos! Me he asegurado de que se sentasen uno al lado del otro, bien juntitos, y los he pillado en más de una ocasión intercambiando miraditas, sonriendo con timidez, rojos como tomates maduros, o comentando la lectura como si estuvieran los dos solos en el café. De hecho, he estado más pendiente de ellos que de lo que comentaba el resto de los integrantes del grupo mientras pensaba en lo bonitos que son los comienzos. En cuanto a los finales, digamos que eso ya depende del libro.

Se han marchado juntos con la excusa de comprar el relato que van a comentar la semana que viene —*I Love Christmas*—, y además lo han hecho con mucha prisa, porque Bel ha estado a punto de descubrir el verdadero nombre del muchacho. Y es que a Ana le ha faltado poco para cascarlo cuando se ha despedido de ellos. Menos mal que he intervenido a tiempo y desviado la conversación antes de que eso ocurriera, pero mi hermana se ha quedado con otra mosca detrás de la oreja. Y digo «otra» porque ya tenía una: Martín.

Eso ha sido otro culebrón.

Cuando he llegado al café, la tensión que había en el ambiente era tan palpable que ni siquiera Umberto Tozzi conseguía rebajarla. Es más, no creo que la elección musical ayudase en absoluto a calmar las aguas. Que igual es porque yo no entiendo ni papa de italiano, pero todo me suena de lo más romántico, y me apostaría un brazo a que el horno de Belinda no estaba para bollos. Su mala cara hablaba por sí sola.

—¿Qué tal lleváis la tarde? —pregunté mientras me preparaba un café.

—De maravilla —ironizó—. ¿Verdad, Martín?

—¿Tú sabes qué le pasa hoy? —me preguntó el aludido—. Está insoportable.

—Es insoportable —malmetí yo, y me gané una mirada reprobatoria de mi hermana—. Lo extraño es que todavía no te hubieras dado cuenta.

—¿Tú no has venido al club de lectura? —intervino Belinda—. Pues aire, que aquí estorbas.

Y estoy totalmente segura de que con «aquí» no se refería solo al interior de la barra.

Sonreí para mis adentros y, con mi café en la mano, me dirigí a la zona donde estaba el grupo para acomodarme en uno de los sillones que hay junto a la estantería y que me proporcionaba una visión privilegiada de todo el local. Sobre todo de la barra, donde mi hermana seguía todos y cada uno de los movimientos de Martín con la misma cara que si se hubiese comido un limón.

Estaba tan concentrada en lo que ocurría entre aquellos dos que no me di cuenta de que Claudia había llegado y se había sentado a mi lado.

—¿Qué miras con tanto interés? —preguntó con una sonrisilla maliciosa.

—A esos dos.

Señalé con el dedo a la loca de mi hermana y al pobre Martín.

—¿Qué ha pasado?

—Que a Bel no le gusta Martín.

Claudia me miró con el ceño fruncido.

—No lo entiendo.

—Ya… —Sonreí divertida—. Ella tampoco.

Y creo que, precisamente, por eso está tan mosqueada. No por el hecho de que Martín esté conociendo a otra chica, sino porque lo que ha sentido le ha generado un cacao mental tan terrible como ella. Supongo que eso de que no sabes lo que tienes hasta que lo pierdes es una verdad irrefutable. Salvo que te llames Víctor y seas mi ex. En ese caso, lo único irrefutable es que eres gilipollas. Pero no estábamos hablando de mí, así que, volviendo a Belinda, creo que ahora que Martín no le hace ni puñetero caso ella ha empezado a «verlo». Algo que, dicho sea de paso, le sienta fatal a su humor. Y la cosa ha empeorado cuando la chica en cuestión ha aparecido en el café y a Martín se le ha vuelto a quedar cara de lelo.

Total, que entre unos —Claudia y Torcuato— y otros —Martín y Belinda—, solo me faltaban las palomitas. Qué buen rato he pasado, por Dios. De hecho, debería haberme marchado ya a casa, pero aquí sigo, pertrechada en la barra, con el segundo café de la tarde en las manos y una galleta de mantequilla que está para chuparse los dedos. Me rechiflan las galletas de mantequilla. Son mi vicio favorito. Y ese es el principal motivo por el que en el Oberón nunca faltan.

—¿No crees que te estás pasando un pelín con el pobre chico?

Aprovecho que Martín no anda cerca para intentar ablandar a Belinda, que sigue con cara de limón y el ánimo igual de agrio. Por supuesto, me ignora.

—Tengo un mal día.

—¿No me digas? —ironizo con mucho énfasis—. Creo que nadie se ha dado cuenta.

—Muy graciosa —responde—, espero que conserves ese sentido del humor, porque vas a necesitarlo. —Tuerzo el morro. ¿Qué ha querido decir con eso?—. ¡Hombre, Víctor! —La sangre se me congela en las venas cuando la escucho—. Me encantaría decir que me alegro de verte, pero sería mentira.

—Hola, Belinda.

Será capullo. Sabe que mi hermana odia que utilicen su nombre completo.

—¿Quieres tomar algo? ¿Un vaso de cianuro, tal vez? —Conozco a mi hermana y sé que se está conteniendo para no echarlo a patadas del café—. Invita la casa.

—No, gracias, no voy a quedarme mucho tiempo.

—Me alegra saberlo.

Él vuelve a ignorar la afrenta y se dirige a mí.

—Hola, Bianca.

Está de pie, a mi lado. Puedo sentirlo a pesar de que ni siquiera lo he mirado.

Toda mi atención está puesta en mi hermana, que no se ha movido ni un milímetro de donde está. Sé que no va a dejarme sola con él a menos que yo se lo pida. Y no pienso hacerlo.

—¿Qué haces aquí? —pregunto de malas maneras.

—¿Podemos hablar?

«¡No!», grita una voz en mi cabeza.

—Preferiría no hacerlo —respondo.

—Es importante.

«Importante».

¿Importante para quién? Porque estoy segura de que nada de lo que pueda decir lo será para mí. Víctor ya no forma parte de mi vida. Lo único que conservo de él es un montón de recuerdos deslucidos y la certeza de que perdí demasiado tiempo orbitando el planeta equivocado.

—Di lo que tengas que decir y lárgate.

Es mi hermana quien responde en mi lugar. Gracias, hermanita.

—Preferiría hacerlo en privado —alega él con una sonrisa forzada.

—Y yo preferiría tener el cuerpo de Elsa Pataki y, ya puestos, el marido, pero la vida es así de injusta.

Ahora soy yo quien contesta. No quiero ser cordial. Solo quiero que se largue por donde ha venido y olvidar que ha estado aquí.

—Está bien —accede a regañadientes—. Solo quería que supieras que Laura y yo vamos a casarnos.

Es ahora, en este preciso momento, cuando debería escuchar el sonido de todos esos pedazos que he juntado durante estos años rompiéndose de nuevo, pero eso no sucede. Pensaba que escucharlo de sus labios me dolería, pero no lo hace.

—Genial. ¿Algo más?

—¿Has escuchado lo que acabo de decir? —pregunta con el ceño fruncido, y yo sonrío.

Imagino que la indiferencia no es la reacción que esperaba.

«*Sorry not sorry*, gilipollas».

—Perfectamente, Víctor —respondo—. Pero podías haberte ahorrado la visita, porque ya lo sabía. —La cara de mi ex se desencaja, y debería dejarlo estar, pero ¿sabéis una cosa? No me da la real gana. Me he venido arriba y con toda probabilidad voy a arrepentirme de esto, pero no va a ser hoy—. ¿Tu hermano no te lo ha dicho?

—¿Hugo? —Asiento—. ¿Qué debería decirme?

—Que voy a ir con él a la boda.

Capítulo 12

Esto va a ser genial

Hugo

Salgo del ascensor y escucho el inconfundible sonido de las bisagras de una puerta. En cuanto ladeo la cabeza, me encuentro de frente con la silueta de mi vecina de rellano.

—Gertru, debería denunciarte por acoso.

—Nadie te creería.

—Es posible.

Más que nada porque Gertrudis tiene edad como para ser mi abuela.

—En cualquier caso, si te decides a hacerlo, te acompaño a comisaría. —Sonríe—. Será divertidísimo ver cómo se desternillan en tu cara cuando les digas que te está acosando una anciana tullida.

—Tienes un humor demasiado negro.

—Tan negro como mi suerte, chiquillo.

Gertrudis contrajo poliomielitis —comúnmente conocida como «polio»— cuando era una niña. La polio es una enfermedad infecciosa que afecta al sistema nervioso central y puede provocar parálisis, atrofia muscular o incluso deformidad. A mi vecina le tocó el *pack* completo. No ha tenido una vida fácil, y a pesar de todo tiene un humor increíble. Negro, pero increíble.

Nunca se casó, aunque ella asegura —y yo la creo— que no fue por falta de pretendientes, sino porque ninguno terminó de convencerla para que lo acompañase al altar. Y tampoco se arrepiente de ello.

—Toma. —Me tiende un táper enorme—. He hecho un guiso de carne y te he guardado un poco.

—¿Un poco? —pregunto tras examinar el tamaño y peso del envase.

—Estás muy flacucho.

—No tenías que haberte molestado.

—Claro que sí.

Niego con la cabeza, porque no tiene remedio.

—Un guiso de carne a cambio de subirte las bolsas de la compra no me parece un trato justo —expongo.

Porque sé que el táper que tengo en la mano es el pago por ese servicio. Ella es así, no puede evitarlo, y tiene la absurda necesidad de compensar cada favor que me pide. Mi vecina sacude la mano en el aire para quitarle importancia y gira sobre sus talones para volver a su casa.

—Buenas noches, Hugo.

—Buenas noches, Gertru.

Entro en casa y deposito el táper sobre la encimera de la cocina, porque acabo de decidir que ese guiso será mi cena. Como cada día, lo primero que hago en cuanto llego a casa es meter la ropa de deporte en la lavadora para evitar que se cree un nuevo ecosistema en el interior de mi mochila. Y porque apesta. Sobre todo porque apesta. El siguiente paso es meterme en la ducha. He tenido un día de mierda y necesito que se cuele por el desagüe. Me encanta mi trabajo, pero dar clase a adolescentes no siempre es fácil, y en ocasiones te la lían. Esta mañana he tenido que intervenir en una pelea entre dos alumnos que habían decidido, al parecer de mutuo acuerdo, arreglar sus diferencias —con nombre de mujer— a base de puñetazos en mitad del gimnasio, mientras el resto de sus compañeros asistía impasible al espectáculo.

Menuda pandilla de idiotas.

No tengo ni la menor idea de cuánto tiempo he estado bajo el chorro de agua, pero ha debido de ser mucho, porque cuando vuelvo al salón compruebo que tengo un montón de llamadas perdidas. Casi todas de mi hermano. Y que mi hermano me llame con tanta insistencia es mala señal. Muy mala. Estoy a punto de devolverle la llamada cuando suena el timbre. «A saber qué se le ha olvidado a Gertrudis», pienso mientras me encamino hacia la puerta. Pero no es a mi vecina a quien me encuentro al otro lado.

—¡Por Dios, Hugo! ¿Para qué tienes un teléfono? —Me reprocha con indignación mientras cruza el umbral como una exhalación y yo cierro la puerta a su espalda—. Te he llamado un millón de veces —exagera.

—Estaba en la ducha.

—¡Pues qué oportuno!

Pone los ojos en blanco.

Está nerviosa, muy nerviosa. Y eso, al igual que la multitud de llamadas de mi hermano, no es una buena señal.

—Bianca, me estás asustando, ¿ha pasado algo?

«Qué pregunta tan inteligente, Hugo», me reprendo. Porque es evidente que ha pasado algo. De lo contrario, no se hubiera presentado en mi casa a estas horas con ese nivel de histeria en sangre.

—Que la he liado parda, Hugo.

Se sienta en el sofá y se tapa la cara con las manos.

—¿Cómo de parda?

Me acomodo a su lado y la obligo a mirarme.

—Muy parda —responde—. Pardísima.

—¿Qué ha pasado?

Se levanta del sofá y da vueltas por el salón, con una mano apoyada en la cintura y la otra en la frente. Ahora son mis niveles de histeria en sangre los que me preocupan.

—Víctor ha venido al café para contarme lo de la boda. Y no sé qué me ha pasado, pero me he vuelto completamente loca. —Mierda. Mi cabeza recrea la imagen del Oberón en medio de una batalla campal. Con platos volando y cristales rotos. Imagino que ese es el motivo por el cual me ha llamado Víctor. Vuelvo a centrarme en Bianca, que se ha detenido frente a mí, en mitad del salón, y añade algo que no me esperaba—. Le he dicho que llegaba tarde para la exclusiva, que tú me lo habías contado. —Carraspea—. Y también que iba a ir contigo a la boda.

—¿Cómo?

Flipo.

—Lo siento, lo siento, lo siento. —Se coloca a mi lado y me agarra las manos—. Te juro que no sé en qué demonios estaba pensando. Bueno, en realidad, sí lo sé, en cerrarle la puta boca. Y la he liado, Hugo. La he liado muy parda. ¿Estás enfadado?

—Tu zasca va a costarme un par de conversaciones incómodas —respondo mientras me masajeo el mentón.

—Lo sé, y lo siento.

—No te preocupes —la tranquilizo—. No es nada con lo que no contara, aunque no tan pronto.

—¿Qué quieres decir?

—Que si vas a acompañarme a la boda, Víctor iba a enterarse tarde o temprano.

—¡¿Acompañarte a la boda?! —chilla—. ¿Te has vuelto loco? Ni hablar.

—Ah, ¿que el loco soy yo? Porque te recuerdo que esto ha sido cosa tuya.

—Pero porque se me ha calentado la boca —protesta, como si con eso pudiera cambiar lo que ha sucedido.

—Pues ahora asumes las consecuencias.

—Hugo…

—Bianca…

—Seguro que podemos arreglarlo.

—No podemos. Cuando le quitas el gancho a la granada ya no hay vuelta atrás —alego. Es evidente que Víctor no va a olvidar esa conversación—. Además, me has convertido en el traidor de la familia. Ahora no puedes abandonarme a mi suerte. Me lo debes.

—¿Que yo te he convertido…? —rebate a medias, indignada por la acusación, pero es la verdad. A la próxima comida familiar voy a tener que presentarme con un chaleco antibalas—. ¡Pero si ha sido cosa tuya!

—Ya, pero tú te has cargado la sorpresa, porque yo no pensaba desvelar la identidad de mi acompañante hasta el gran día.

—¡¿Y no pensabas decírmelo?!

—Iba a hacerlo… si aceptabas acompañarme —me justifico con gesto mortificado.

Porque me ha pillado.

Pero, seamos realistas, ¿cuántas posibilidades había de que fuera a acompañarme? Ambos sabíamos que muy pocas.

—Ni siquiera tengo vestido.

Resopla frustrada.

—Pues ve desnuda.

—¿Te imaginas? —Se le escapa la risa y me contagia, pero entonces su gesto cambia y me mira muy seria—. No, mejor no te lo imagines.

—Jamás se me hubiera ocurrido hacerlo.

—Por si acaso.

Será mejor que cambiemos de tema.

—Por cierto, ¿cómo has entrado?

No recuerdo haber escuchado el portero automático.

—Me he equivocado de piso y me ha abierto tu vecina.

—Gertrudis.

—Esa.

Y hablando de Gertrudis…

—¿Te quedas a cenar? Tengo un montón de guiso de carne. Gentileza de mi maravillosa vecina.

—¿Qué has hecho esta vez? ¿Le has cambiado una bombilla? ¿Desatascado el fregadero? —se burla, y yo la ignoro.

—¿Te quedas o no?

Qué bien me conoce.

—Venga —cede.

Creo que solo lo hace porque tiene hambre y el guiso huele que alimenta, pero me acompaña hacia la cocina para calentar la cena y preparar la mesa.

Debería llamar a mi hermano, pero, ahora que sé cuál es el motivo de su insistencia, se me han quitado las ganas de hacerlo. Creo que prefiero dejar la discusión para mañana. Ahora mismo lo único que me importa es que Bianca va a venir conmigo a la boda. Y va a ser genial.

Capítulo 13

Igual no ha sido una buena idea

Bianca

¿Alguien recuerda cuando dije aquello de «voy a arrepentirme de esto, pero no va a ser hoy»? Pues lo mismo puedo ganarme la vida como pitonisa a tiempo parcial, porque, tal y como predije, me he arrepentido de soltarle aquella bomba a Víctor durante los últimos dos meses.

No, definitivamente, no fue una buena idea. Sobre todo si tenemos en cuenta que a Bel sí se lo pareció cuando hablamos al llegar a casa esa noche. Le faltó sacar los pompones cual animadora de instituto americano, enrollada con el *quarterback* de turno, y deletrear mi nombre a voz en grito. Dame una «B», dame una «I», dame una «A»… ¡BIANCA! De la reacción de Víctor mejor ni hablamos. Todavía recuerdo su cara. Me faltó poco para llamar a Emergencias, porque parecía que iba a desplomarse en cualquier momento en mitad del café. Intentó hablar, pero lo único que consiguió articular fue un balbuceo incomprensible que terminó con un fuerte resoplido. Por suerte, no he vuelto a saber nada de él desde entonces, pero me consta que la Navidad en casa de los Hernández no fue precisamente feliz.

Ni tranquila.

Aquello fue la guerra.

Aunque lo más sorprendente del asunto fue la reacción de Hugo, al que no pareció importarle lo más mínimo. A veces, creo que en lugar de sangre tiene horchata en las venas. Eso, o está más loco de lo que yo pensaba.

La campanilla de la puerta me devuelve al presente.

—*Buonasera, mia cara!* —saluda mi hermana.

—¿Qué haces aquí tan pronto? —pregunto con sorpresa y el ceño fruncido, porque ha llegado quince minutos antes de lo que debería.

—Quiero asegurarme de que no llegas tarde —responde, la muy cretina—. ¿A qué hora has quedado con el Cascanueces?

—¿Puedes dejar de llamarlo así, por favor?

Pongo los ojos en blanco.

—Me gusta llamarlo Cascanueces. —Se encoge de hombros y se queda más ancha que larga—. ¿A qué hora has quedado? —insiste.

—A las cinco.

—¿Te espero para cenar?

—¿Por qué no ibas a hacerlo?

—No sé, a lo mejor se alarga la velada y acabas cenando con él —dice con muy mala idea.

—No digas tonterías.

—Yo solo digo que pasáis mucho tiempo juntos.

—¿Es un delito? Somos amigos —rebato, porque es la verdad—. Además, te recuerdo que por mi culpa es el apestado de su familia.

—Por tu culpa, no, Bianca, que la idea de ir juntos a la boda fue suya.

—Ya, pero fui yo la que se lo cascó a Víctor antes de tiempo.

—¿Y lo bien que te sentó hacerlo? Eso ya no te lo quita nadie. Qué pena no haber inmortalizado ese momento. Todavía recuerdo su cara de estupefacción. Fue magnífico. —Sin duda alguna, Belinda disfrutó de ese momento incluso más que yo—. Por cierto, no pensarás ir así vestida, ¿verdad?

Me examina de arriba abajo y arquea una ceja.

—¿Qué tiene de malo mi ropa?

Compruebo mi atuendo. Vaqueros, zapatillas deportivas y un jersey básico de color negro. Yo no veo dónde está el problema.

—Que no se puede ir a una tienda elegante vestida así.

—¿Así cómo?

—Pues así —concluye.

Y, por el modo en que me mira, en mi mente, ese «así» se traduce en «andrajosa».

—Belinda… —Utilizo su nombre completo con tonito y muy mala leche—. Tú has visto *Pretty Woman* demasiadas veces, pero ni yo soy Julia Roberts —que ya me gustaría, porque vaya pedazo de mujer—, ni vamos a Rodeo Drive.

—Has olvidado decir que tampoco eres prostituta. —La asesino con la mirada—. ¿Qué? ¿Por qué me miras así? A mí me parece un detalle importante —se excusa.

—Paso de ti.

La campanilla vuelve a sonar y esta vez es Martín quien cruza la puerta, acompañado de Ruth. La misma chica con la que Belinda lo vio aquella fatídica tarde y que, cosas de la vida, se ha convertido en su novia. Llevan juntos un par de meses y parece que la cosa va en serio. Y, por si alguien se lo pregunta, el mosqueo de mi hermana no ha disminuido ni un ápice en todo este tiempo. Más bien, al contrario.

—Éramos pocos y parió la abuela… —murmura.

—Por Dios, Bel…

—Y por la Virgen, Bianca. —Resopla—. Estos dos me suben el azúcar a niveles estratosféricos.

Sí, claro, el azúcar. Lo que le sube a mi hermana es la mala leche que tiene. Que no se aguanta ni ella.

—¿Cuánto va a durar esto? —pregunto.

Porque la situación es cada vez más violenta. Y yo ya no sé qué hacer, porque a mi hermana le provoca urticaria la sola mención de Martín.

—¡Hola! —saludan a coro los tortolitos.

—¡Hola! —respondo solo yo. Cuando me he querido dar cuenta, mi hermana había huido como las ratas para refugiarse en la cocina. Y ojalá yo no me hubiera percatado de la mala cara de Martín, pero lo he hecho—. ¿Me disculpáis un momento?

Por supuesto, es una pregunta retórica, porque no espero a que respondan para escabullirme tras mi hermana para poner los puntos sobre las íes, porque lleva dos meses insoportable, y el ambiente en el Oberón es cada vez más tenso.

—Belinda, esto no puede seguir así.

Pongo los brazos en jarra mientras le hablo a la puerta de la nevera, porque eso es lo que tengo delante de mis narices mientras ella finge buscar algo en su interior, aunque las dos sabemos que solo es una cortina de humo que no puede protegerla, porque se evaporará tarde o temprano.

—Lo sé. —Asoma la cabeza tras la puerta con cara de hastío—. Me estoy comportando como una auténtica gilipollas.

—Mira, en eso te doy la razón.

Me sorprende que haya reconocido con tanta facilidad que está metiendo la pata con este asunto.

—No te ensañes, Bianca.

—Aquí la única que se ensaña eres tú —le recuerdo—. ¿Quieres que le preguntemos a Martín qué opina al respecto?

Mi hermana frunce el ceño, molesta. Intenta marcharse y dejarme con la palabra en la boca, pero se lo impido cortándole el paso. Sé que no quiere escuchar lo que voy a decir, pero me importa un comino. Llevo demasiado tiempo mordiéndome la lengua y estoy cansada de callar.

—Mira, Bel, si es cierto que no te interesa, deja que viva su vida como mejor le parezca. Y con quien quiera. —Ella resopla, lo que me anima a continuar—. Y si tanto te escuece que lo haga, haz algo más que patalear.

No responde.

Mi hermana, la que siempre quiere tener la última palabra, no responde. Los segundos se suceden con una lentitud agónica. Nos miramos en el más absoluto silencio hasta que ella vuelve a resoplar.

—Tienes razón —concluye.

Y me encantaría que concretase en qué parte de todo lo que he dicho tengo razón exactamente, pero sale de la cocina sin darme la opción de averiguarlo. Si se ha creído que voy a dejarlo correr, está muy equivocada, aunque esa conversación tendrá que esperar, porque, ahora mismo, si no me doy prisa, voy a llegar tarde.

Capítulo 14

No tan *Pretty Woman* como parece

Bianca

En mitad de la acera, frente al escaparate de una de esas tiendas llenas de vestidos monísimos —que es muy probable que cuesten lo que yo gano en un mes— y dependientas de portada de revista —estilosas, elegantes, perfectas—, me planteo muy en serio si mi hermana tenía razón y no se puede ir a según qué sitios con según qué pinta. Así que ahora mismo, y por su culpa, lo único que pienso es en que no puedo entrar ahí vestida de mamarracha, porque así es como me siento. Maldita Belinda.

—Hugo. —Lo sujeto del brazo en cuanto hace amago de entrar—. No sé si puedo permitirme comprar un vestido aquí —susurro avergonzada.

Supongo que, a estas alturas, ya habréis deducido que mi nivel adquisitivo está muy lejos del de la familia Hernández. Y ya que estamos, sospecho que ese es uno de los motivos por los que nunca le caí en gracia a mi odiada exsuegra.

—Yo no he dicho que fueras a comprarlo.

—¿Y qué pretendes, que lo robe?

Sonríe canalla y accede al interior de la tienda, por lo que no me queda más remedio que seguirlo. Aunque lo hago a regañadientes, porque no estoy en absoluto convencida de todo esto.

Hugo camina con decisión hacia el mostrador y se dirige a una de las dependientas. Yo me coloco a su lado casi por inercia. Como si fuera un complemento más de su indumentaria en lugar de su acompañante.

Debería cambiar el chip o esto va a ser horrible.

Más horrible de lo que ya lo es, quiero decir.

—Buenas tardes, ¿puedo ayudarlos?

La chica, que, por lo que indica la placa que lleva en la solapa de su perfecto traje de chaqueta, se llama Esther, nos dedica una sonrisa amable que parece sincera.

—Buenas tardes —respondemos al unísono.

Joder. Parecemos los niños del coro. Nos miramos confusos y Esther carraspea para ocultar la risa.

—Necesitamos un vestido para una boda.

Es Hugo quien responde. A mí parece que se me haya comido la lengua el gato. Me siento ridícula y fuera de lugar.

—¿Han pensado en algo en especial?

«Que sea barato», pienso, pero me muerdo la lengua, porque no quedaría nada fino hacer esa apreciación. Hugo me mira y yo me encojo de hombros.

Esther me observa de arriba abajo y no puedo evitar tensarme. No me gusta sentirme analizada. En ninguna circunstancia. Lo más probable es que pretenda determinar mi talla o escoger qué modelo se ajustará mejor a la forma de mi cuerpo, pero no puedo evitar sentirme juzgada.

—Sorpréndenos, Esther.

La sonrisa de la chica se amplía. Imagino que alentada por la perspectiva de una jugosa comisión.

—Acompáñenme.

Media hora, y un buen puñado de apreciaciones por parte de Esther acerca del protocolo y tendencias después, tenemos cinco posibles candidatos a pasar al siguiente nivel, por lo que la seguimos hasta la zona de los probadores.

Tras la cortina de terciopelo negro, que aparta con delicadeza, descubro un habitáculo de dimensiones desproporcionadas, cubierto de espejos para que puedas verte desde todos los ángulos posibles. También hay un sofá de dos plazas y una mesa baja. Esto no es un probador, es un puñetero salón de ceremonias.

Mientras Esther deposita las perchas en los colgadores destinados a tal efecto y se encamina a la puerta, Hugo toma asiento en el sofá, estira los brazos sobre el respaldo y cruza las piernas a la altura de los tobillos.

Yo lo miro confusa mientras la dependienta cierra la cortina desde el exterior.

—No pensarás quedarte ahí, ¿verdad? —susurro.

Aunque no tengo muy claro por qué.

—¿Te da vergüenza?

—No pienso enseñarte las bragas, Hugo.

—¿Tan horribles son?

Intento recordar qué bragas llevo y sacudo la cabeza.

¡¿Qué narices hago intentando recordar qué bragas llevo, por Dios?!

—No digas tonterías, sabes que esa no es la cuestión.

—¿Desde cuándo eres tan pudorosa?

Pues la verdad es que no tengo la menor idea, soy de las que no tienen ningún problema para hacer *topless* en la playa, no me avergüenza mi cuerpo, pero por alguna extraña razón, ahora mismo, quedarme en ropa interior delante de Hugo, dentro de un probador, por muy grande que sea, me parece demasiado íntimo. Esto es culpa de Belinda. Sin duda. Porque la muy capulla me sugestiona con sus insinuaciones.

—Hugo…

—Te espero fuera.

En cuanto abandona el probador, me desprendo de la ropa y extraigo uno de los vestidos de la percha. Es un diseño sencillo en color rosa, con escote asimétrico, manga japonesa con vuelo y una pequeña abertura lateral. Despliego la cortina y me encuentro a Hugo apoyado en la pared, con una mano en el bolsillo y el teléfono móvil en la otra. Levanta la cabeza en cuanto carraspeo y, con los brazos extendidos, giro sobre mí misma para que pueda ver el vestido.

—No está mal.

No lo dice convencido.

—No te entusiasma.

—Es un poco… aburrido.

«Pues sí que empezamos bien», resoplo.

Reconozco que ninguna de mis elecciones ha sido arriesgada. No quería nada demasiado llamativo. Pensaréis que soy una ilusa, pero en mi fuero interno todavía mantengo viva la absurda esperanza de pasar desapercibida durante la boda.

—Es elegante —rebato.

—Aburrido —insiste mientras gesticula para indicarme que vuelva por donde he venido—. Pruébate otro.

Pongo los ojos en blanco y vuelvo a entrar en el probador.

En cuanto cierro la cremallera del segundo vestido y observo mi reflejo en los espejos que me rodean, no me cabe la menor duda de que va a parecerle todavía más aburrido que el primero, porque incluso a mí me lo parece. Y en cuanto salgo al pasillo y me encuentro con la mirada de Hugo, que niega con la cabeza, sé que no me equivocaba. Giro sobre mis talones y vuelvo a cerrar la cortina.

Los tres modelos restantes obtienen el mismo resultado que sus predecesores: suspenso. Esto es frustrante. ¿Por qué demonios cuesta tanto encontrar un vestido discreto y elegante que no parezca un maldito camisón de la regencia? Y, puestos a pedir, que no cueste un ojo de la cara.

—Dame un segundo. —Hugo desparece por el pasillo y yo espero de pie en la puerta del probador lo que me parece una eternidad, hasta que lo veo aparecer con una percha en la mano—. Pruébate este.

—Ni hablar —me niego en rotundo.

—Bianca…

—Hugo...

—Pruébatelo.

Pongo los ojos en blanco por decimoquinta vez desde que hemos entrado en la tienda y vuelvo al probador, resignada, y nada convencida con la elección de mi excuñado. Miro el precio en la etiqueta y por poco me caigo de espaldas. Pero es que no es solo el precio lo que me tira para atrás. Es que el puñetero vestido es rojo. ROJO. Y demasiado llamativo para pasar desapercibida. Sería como llevar un cartel de neón sobre la cabeza que dijera «¡miradme todos, estoy aquí!».

Deslizo la tela sobre mi cuerpo y compruebo el resultado. Es largo, con el cuerpo de encaje, escote en uve y falda de gasa con mucho vuelo. El vestido es maravilla pura, nada que ver con los insulsos modelos que, por elección propia, me he probado hasta ahora. Y tengo que reconocer, muy a mi pesar, que me queda como un guante.

¿Es demasiado pretencioso decir que me veo espectacular? ¿Sí? Entonces diré que me queda de muerte. Y es una pena. Una verdadera pena, porque ni puedo ni pienso comprármelo. Nunca había visto tantos ceros juntos en la misma etiqueta.

Abro la cortina del probador para enfrentarme al veredicto de Hugo. Él me observa con detenimiento. Me anima a dar un par de vueltas y sonríe complacido.

—Nos lo llevamos —concluye con una sonrisa triunfal.

—¿Te has vuelto loco?

—¿Tú has visto cómo te queda?

«Pues claro, tengo ojos en la cara», pienso. Lo que me recuerda que tendría que dejarle uno de ellos a Esther para llevarme este vestido.

—¿Y tú has visto lo que cuesta? —rebato por lo bajo—. No puedo pagarlo.

—Voy a pagarlo yo.

Ni de broma.

—¡Ni hablar! —chillo.

Pero lo hago contra su espalda, porque el muy capullo se larga.

—Voy a decirle a Esther que nos lo llevamos.

¡¿Cómo?! Me recojo la falda del vestido y corro tras él. Menos mal que ahora mismo somos los únicos clientes de la tienda, porque menuda escena... Lo retengo antes de que salga de la zona de probadores.

—Hugo. En serio, no puedo aceptarlo, es demasiado.

Intento que entre en razón... Joder, que es carísimo.

—Bianca, déjate llevar. —Se libra de mi agarre, me guiña un ojo y me deja plantada en mitad del pasillo para ir a buscar a la dependienta—. Vuelvo enseguida.

Lo que me faltaba.

Ahora sí que me siento como Julia Roberts en *Pretty Woman*.

Chillo para mis adentros —porque hacerlo como me gustaría, hacia afuera, no quedaría bien en un sitio tan fino—, y vuelvo sobre mis pasos para encerrarme en el probador y desprenderme del dichoso vestido.

—Bianca, ¿estás vestida?

Escucho su voz a través de la cortina.

—Sí.

—¿Puedo pasar?

No sé para qué pregunta, porque, cuando levanto la cabeza desde el sofá en el que me he instalado para ponerme las zapatillas con comodidad, compruebo que ya está dentro. Trae un par de camisas en una mano y un puñado de corbatas en la otra. Lo deposita todo en los colgadores y, en un rápido movimiento, se desnuda de cintura para arriba.

La madre...

—¡¿Qué haces?!

Me atraganto un poco. Para qué vamos a engañarnos. Pa-

100

rece mentira que debajo de ese holgado suéter se esconda… eso. Me cuesta retirar la mirada de su pecho.

—Necesito una camisa.

Está concentrado en liberar una de las prendas de su correspondiente percha. Ni siquiera me mira al responder y doy gracias por ello, porque debo de estar roja como un tomate.

—¿No deberías esperar a que salga?

Me mira como si acabara de decir una barbaridad.

—Joder, Bianca, ni que nunca me hubieras visto medio desnudo.

Tiene razón, pero las circunstancias eran otras.

Incluso nosotros mismos éramos otros.

Que éramos familia. Por el amor de Dios.

Aparto la mirada de su pecho hasta que termina de abotonarse la camisa y selecciona una corbata. La destreza de sus movimientos mientras realiza el nudo es… hipnótica.

«Pero ¿qué demonios, Bianca? Es Hugo», me recuerdo. Sacudo la cabeza para alejar estos absurdos pensamientos y me acerco a él para ayudarle a recolocar la corbata.

—¿Qué te parece? —pregunta con sus ojos clavados en los míos mientras mis manos acomodan el nudo—. ¿Crees que estaré a la altura de mi acompañante?

—Es tu acompañante la que no está a tu altura, querido. Quizá deberías buscar a alguien mejor.

—¿Mejor? No creo que sea posible.

Capítulo 15

Un satélite perdido en su propia órbita

Belinda

«Si es cierto que no te interesa, deja que viva su vida como mejor le parezca. Y con quien quiera. Y si tanto te escuece que lo haga, haz algo más que patalear». Bianca tiene razón. El problema es que todavía no sé en qué parte del argumento. Ese es el motivo principal por el que he huido antes de que a mi hermana se le ocurriera profundizar en el asunto.

Martín nunca ha sido el chico de mis sueños. No lo miraba y pensaba: «Oh, Dios mío, Belinda, proponle firmar una hipoteca, que eso une más que el matrimonio». No, no es eso. No es una cuestión de autoengaño, o de no querer reconocerlo ante el resto del mundo, es simplemente la verdad.

¿Es guapo? Sí.

No estoy tan ciega como para no verlo. Es mono, tiene su punto y, en un momento dado, no me hubiera importado darle un meneo —o que me lo diera él a mí—, pero ese no es el tema. No hablo de atracción física, sino de algo más profundo que te empuja a desear pasar el resto de tus días con alguien.

Un fogonazo.

Un relámpago que parte el cielo por la mitad.

Y yo nunca he sentido eso con Martín.

Hasta ahora.

Ahora… siento algo. Me ha costado mucho reconocerlo. Casi tanto como darme cuenta de que ese algo existía. La cuestión es que no consigo determinar si esto no es más que un absurdo e infantil ataque de celos porque Martín ha pasado página o si hay algo más.

La primera opción me convertiría en el jodido perro del hortelano, que ni come ni deja comer. En una niñata caprichosa a la que le han quitado el juguete. En definitiva, en una persona horrible. La segunda, en una gilipollas de categoría que ha dejado pasar tantos trenes que se ha quedado sola en la estación con una maleta vacía en la mano. Y a pesar de que ninguna de las opciones me satisface, creo que en todo esto hay un poco de las dos. Que quizá hayan tenido que quitarme el juguete para que me dé cuenta de que he perdido el tren por gilipollas. Gilipollas *cum laude*. Debería estamparlo en una camiseta. Es más, puede que lo haga. Estoy segura de que a Bianca le encantaría.

El asunto es que la cosa no acaba ahí, porque, si doy por buena esa teoría, tengo un par de problemas más. Para empezar, que Martín no es un tipo cualquiera, somos amigos —a pesar de que nos hemos distanciado en los últimos meses—, trabajamos juntos, y yo ni siquiera sé si quiero tener una relación ahora mismo. En el supuesto caso de que él sí quisiera. Que lo mismo ni quiere y me estoy haciendo una paja mental para nada. Y para continuar, él está con Ruth, y parece que les va bien. ¿Quién soy yo para entrometerme? Seamos francos. No es justo meter las narices en una relación cuando ni tú mismo lo tienes claro. Pero Bianca tiene razón.

El ambiente se ha enrarecido y yo soy la única culpable.

Tengo que cambiar esta actitud de mierda por el bien de todos.

Salgo del almacén con una caja de café que pesa una tonelada y me encuentro con la mirada de Martín, aunque la aparta con rapidez mientras termina de recoger las mesas.

—¿Me echas una mano? —pregunto con amabilidad y él me mira con desconfianza.

—¿Me la vas a morder?

—¿Seguimos hablando de la mano?

Intento recuperar mi tono habitual, el sarcasmo, las bromas.

—Joder, Bel… —gruñe, pero se acerca y me libera de la pesada carga.

—¡Era una broma!

—Ya… Muy graciosa —me reprocha.

—Vale, vale, lo capto. —Levanto las manos en señal de paz—. Estás mosqueado.

A la mierda mis intenciones de aligerar el ambiente.

—¿Me estás vacilando? —Abre la caja con una mala leche de la que nunca había hecho gala y me fulmina con la mirada—. Eres tú la que lleva semanas insoportable. ¿Se puede saber qué cojones te pasa?

Lo peor de todo es que verlo tan cabreado, tan fuera de sus casillas, me está poniendo… Mejor me callo.

—Intento firmar una tregua.

—No sabía que estábamos en guerra.

—Digamos que era yo la que tenía una batalla interior.

«De la que preferiría no hablar».

—¿De qué cojones estás hablando?

—Da igual. ¿Aceptas mi tregua?

Le tiendo la mano y él la mira, confuso.

—La aceptaré cuando me digas qué cojones está pasando.

Y dale.

¿Cuántas veces ha dicho «cojones»?

Y luego la malhablada soy yo.

—No quieres saberlo.

—No tienes ni idea de lo que quiero.

Nos miramos en silencio. No puedo decirle la verdad, pero tampoco quiero mentirle. Nunca he sido una cobarde, aunque sé que cualquier cosa que diga a partir de este momento determinará el rumbo de los acontecimientos.

¿Por qué no puede dejarlo estar?

Intento arreglar la situación y mucho me temo que estoy camino de empeorarla.

—¿No vas a decir nada?

—¿Qué quieres que te diga?

—La verdad estaría bien —responde exasperado.

Resoplo y fijo la vista en el techo del café. La suerte está echada. Que sea lo que Satán quiera.

—Vale, pues la verdad es que durante las últimas semanas he sufrido un repentino, a la par que abrumador, ataque de celos.

—¿Cómo dices?

Su cara de sorpresa habla por sí sola. Lo he dejado noqueado. Y sé que lo mejor sería que me quedase calladita, pero he cogido carrerilla y ya no hay vuelta atrás.

—Lo que has oído. Y sé que no tengo ningún derecho y que me he comportado como una imbécil, así que te pido disculpas y te prometo que no volverá a pasar. ¿Aceptas ahora mi tregua?

Vuelvo a tenderle la mano y obtengo el mismo resultado que antes. Nada.

—Si es una broma, no tiene ni puta gracia.

Pongo los ojos en blanco.

—¿Tengo pinta de estar de broma?

—¿Por qué cojones ibas a estar celosa?

Su cabreo, lejos de remitir, aumenta.

—¿De verdad necesitas que te responda? Porque creo que es bastante evidente que me gustas, Martín.

—No me jodas… —Pues sí que le ha costado atar cabos—. ¡¿Y me lo dices ahora?! Maldita sea, Bel. —Se frota la cara con desesperación y yo contengo la respiración—. ¡¿Precisamente ahora?! Estoy saliendo con Ruth. Y me gusta.

—Lo sé.

—Joder, Bel —maldice mientras desgasta la baldosa sobre la que da vueltas, molesto—. No puedes hacerme esto.

—Eso también lo sé.

—Entonces, ¿por qué lo haces?

—Me has pedido que te diga la verdad —alego—. No es culpa mía que ahora no sepas qué hacer con ella. —Me fulmina con la mirada. Otra vez. Y yo me arrepiento de haber verbalizado esa última frase que debería haberme tragado—. Será mejor que olvidemos que hemos tenido esta conversación —zanjo.

Doy media vuelta, dispuesta a recoger mis cosas para largarme echando leches de aquí. Por suerte, mañana es domingo y puedo pasarme todo el día en la cama, lamentando este ataque de sinceridad y reponiéndome de él.

—¿Y si no puedo olvidarlo?

«Houston, tenemos un problema».

No sé qué responder a esa pregunta y él tampoco espera a que lo haga. En lugar de eso, coge su chaqueta y se marcha sin mirar atrás.

Cierro el café y pongo rumbo a casa con la única intención de meterme en la cama y poner fin a este día de mierda. Ilusa de mí, porque lo que no sabía todavía era que las cosas estaban a punto de empeorar. Que la jodida ley de Murphy iba a hacer acto de presencia y que, al abrir la puerta, iba a encontrarme a Bianca convertida en un Gremlin mojado después de medianoche.

—¡¿Se puede saber qué le has hecho al pobre Martín?!

—¿Yo?

—Sí, tú, Belinda.

—¡Yo no le he hecho nada! —me justifico.

—Algo habrás hecho cuando me ha pedido cambiar el turno con Claudia de manera indefinida.

—¡¿Cómo?!

—Pues que no quiere trabajar contigo.

Martín quiere cambiar el turno de manera definitiva.

Martín no quiere trabajar conmigo.

Joder, Belinda, la que has liado.

Capítulo 16

Un domingo entre series turcas

Bianca

Menudo marrón.

Y ni siquiera puedo enfadarme con mi hermana porque yo misma la animé a que «hiciera algo más que patalear». Y eso ha hecho. Así que soy tan responsable como ella del resultado. Pero ¿cómo iba yo a saber que las cosas se torcerían de esta manera? Aunque también os digo que estoy un poquito decepcionada con Martín. De todas las opciones que tenía, ha escogido la más cobarde: alejarse del problema. Y cuando digo «problema», quiero decir «Belinda».

—Si es que ya lo dice el refrán —murmura—. Donde tengas la olla no metas…

—¡Por Dios, Bel!

No le dejo terminar la frase.

—Y por la Virgen, Bianca. Que el refranero popular es muy sabio.

—El refranero popular se contradice a sí mismo en infinidad de ocasiones, así que no me toques las narices.

Porque a quien madruga, Dios le ayuda, pero no por mucho madrugar amanece más temprano. ¿No me digáis que eso no es contradictorio?

—No le cambies el turno a Claudia —me dice—. Ella no tiene por qué pagar los platos rotos. Yo me cambiaré contigo.

—¿Y vuelves a hacer el turno de tarde la próxima semana?

—Mira el lado bueno, así no tendré que madrugar.

Mi hermana se encoge de hombros, resignada.

No os voy a engañar. Me siento culpable. Y estoy preocupada. El Oberón siempre ha sido una familia y no quiero que eso cambie. Quizá debí pensarlo mejor antes de animar a Belinda a tirarse a la piscina sin comprobar que había agua. Mi intento de mejorar la situación la ha complicado todavía más.

—Se acabó el tema Martín —sentencia—. ¿Te apetece una copa de vino? Creo que yo voy a tomarme una, o la botella entera, aún no lo tengo claro. Y así me cuentas qué tal te ha ido con el Cascanueces.

«Muy sutil el cambio de tema, hermanita», pienso.

Intenta librase del marrón pasándomelo a mí.

—No lo llames así.

—Bianca, tiene el culo como una piedra —argumenta mientras saca dos copas de la alacena.

Su «apreciación» me devuelve al interior del probador, lo que me lleva a recordar la escena con total nitidez.

—No es lo único que tiene duro. —Belinda abre los ojos como platos y su gesto me hace tomar conciencia de lo que acabo de decir—. Mierda, en mi cabeza no sonaba tan obsceno.

—¿Os habéis acostado? —pregunta a gritos, al borde de la histeria.

—¡¿Qué?! —chillo—. ¡No! —Belinda arquea una ceja como si no se creyera ni media palabra—. Por supuesto que no.

—Necesito una explicación.

—Y yo esa copa de vino.

—Tus deseos son órdenes, hermanita. —Llena las dos copas y, botella en mano, volvemos al salón para ponernos cómodas en el sofá. Si vamos a tener esta conversación yo tampoco descarto que necesitemos la botella entera—. Soy toda oídos.

—Pues… —Le cuento con pelos y señales todo lo ocurrido

esta tarde, que tampoco es nada del otro mundo, hasta que llego a la parte, digamos, peliaguda de la historia—. Y de repente se mete en el probador y empieza a despelotarse, así, sin avisar ni nada, y me encuentro con ese… —Extiendo las manos frente a mi pecho en un intento de abarcarlo para que entienda a qué me refiero—. Madre de Dios, Bel. Es… está… no sé ni cómo decirlo.

—Buenísimo, Bianca. —La miro confusa y ella añade—: El Cascanueces está buenísimo, asúmelo.

—No es eso —trato de negar sin demasiado éxito.

—Anda que no.

Ahora debería ser yo la que argumente, pero, en realidad, es bastante absurdo. La lengua ya me ha traicionado y el vino empaña mis intentos de formular excusas.

—Bueno, vale, sí. Es eso —claudico, porque es la verdad.

—Eso ya lo sabía yo.

—Pero no debería ni pensarlo, joder. ¡Que es mi cuñado!

—Excuñado, hermanita —matiza, y enfatiza mucho en el «ex»—. Y está tremendo. Así que no te mortifiques. No hay nada de malo en que hayas fantaseado con clavarle las uñas en la espalda como si fueras una gata en celo.

—¡¿Perdona?!

No escupo el vino de milagro. ¡Es bruta como un arado!

—No te hagas la estrecha conmigo, Bianca, que las dos sabemos que lo has pensado. —Ni se me había pasado por la cabeza, pero ahora dudo mucho de que pueda librarme de esa imagen—. Y, oye, lo entiendo, llevas mucho tiempo sin sexo. —Estoy a punto de replicar cuando mi hermana levanta una mano—. Antes de que lo digas, los juguetitos que guardas en el cajón de la mesilla no cuentan. El Satisfyer es genial, pero no puede agarrarte de las caderas mientras te susurra guarradas al oído.

—La madre que la parió. Estoy segura de que esa imagen

también va a perseguirme durante mucho tiempo—. Además, yo creo que le gustas.

—No digas chorradas.

—¿Chorradas? —Se sorprende de que no esté de acuerdo con sus divagaciones absurdas—. ¿Por qué crees que te ha pedido que lo acompañes a la boda?

—¿Para molestar a su hermano?

—Venga ya, Bianca, te creía más lista —rebate mientras vuelve a llenar nuestras copas—. Le gustas. Y, si te digo la verdad, creo que siempre le has gustado.

—¿Y por qué nunca me lo has dicho?

¿Qué clase de hermana no comparte ese tipo de sospechas?

—Porque no venía a cuento.

—¿Y ahora sí?

—Ahora detecto cierto interés por tu parte.

—Pues te equivocas —niego y reniego.

¿Tiene un cuerpo de escándalo?

Sí.

Sin duda.

De portada de revista.

Pero eso no significa que me interese en sentido romántico, ni sexual, ni nada que se le parezca.

¡Es mi excuñado, por el amor de Dios!

—¿En qué parte?

—En todo.

—¿Estás completamente segura?

Arquea una ceja con arrogancia.

Odio cuando se pone en plan marisabidilla.

—Belinda, no me sugestiones.

—Yo solo te digo que no te sabotees, lo que tenga que ser será, y mereces que te pasen cosas buenas.

—Pues ya me dirás qué tiene de bueno la familia Hernández.

—Al Cascanueces, obvio —responde, con seriedad, un

segundo antes de sacar los pies del tiesto—. Te digo yo que este te echa un polvo y te desbloquea los chakras.

—¡Por Dios, Belinda!

A este paso conseguirá que escupa el vino en plan aspersor.

—Y por la Virgen, Bianca. Salúdala de mi parte si la ves durante un orgasmo.

—Eres terrible.

—Pero me adoras.

—No te creas, a veces me cuesta.

Miento, porque la adoro hasta el infinito y más allá. Con sus luces y sus sombras. Sus virtudes y sus defectos. Con su lengua afilada, su humor de mierda y sus idas de olla, pero también con ese corazón que no le cabe en el pecho.

Nos terminamos la botella de vino y pasamos la mitad del día siguiente dormitando. Si no fuera porque todos los domingos, sin excepción, vamos a comer con nuestra madre, hubiéramos reposado el día entero.

Cruzamos el rellano y utilizamos nuestra llave para acceder a la vivienda. Nos recibe el leve sonido de la música clásica que sale de la cocina, acompañado del inconfundible olor del guiso de mi madre, que guía nuestros pasos en esa dirección.

—Huele que alimenta.

Bel destapa la olla y se relame sin miramientos mientras yo doy las gracias al cosmos porque el menú de hoy no está compuesto por comida italiana. No tardamos en poner la mesa y dar cuenta de la comida con la misma voracidad que si lleváramos una semana sin probar bocado.

—Enséñame el vestido que te has comprado. Porque te lo has comprado, ¿verdad?

Mi madre está al corriente de todo lo que ocurre en nuestras vidas y tiene una memoria envidiable, por lo que recuerda a la perfección que ayer había quedado con Hugo para ir de compras.

Saco el teléfono del bolsillo y le enseño un par de fotos que me hice en el probador, porque sabía que iba a necesitarlas.

—Madre mía, Bianca, ¡me encanta!

—Ya… A mí también —confieso, poco entusiasmada.

—Pues quién lo diría, hija.

—No me malinterpretes, mamá, el vestido me chifla, pero ¿no te parece demasiado llamativo?

Agarra mi mano y sonríe con ternura.

—Bianca, cariño, vas a acaparar miradas lo quieras o no.

—Doña Helena, lectora de mentes a tiempo completo—. Da igual lo que lleves puesto.

Sé que tiene razón, pero también creo que una indumentaria menos llamativa no alimentaría la bestia del cotilleo.

—También podría ir desnuda —añade, cómo no, mi hermana, mientras rellena su vaso de agua.

—Belinda, por Dios.

No. No he sido yo. La reprimenda es de mi señora madre, la culpable de que a mí se me haya pegado su muletilla a base de oírla un día tras otro.

—Y por la Virgen, madre. —Mi hermana, sin embargo, lleva de serie la respuesta—. Y hablando de la Virgen…

—La asesino con la mirada para evitar que diga lo que sé, con total seguridad, que está punto de decir—. ¿Le has contado ya que te gusta el cuñadísimo?

La madre que la parió. Será bocazas. Y traidora, porque sabe de sobra que no le he contado nada, ¡si hemos estado juntas todo el rato!

—¿Hugo? —Se sorprende mi madre.

—No le hagas caso.

—¿Desde cuándo te gusta Hugo?

Mi madre sigue a lo suyo. Y yo estoy a punto de ahogar a Belinda en la olla del guiso.

—Desde que lo vio medio desnudo en el probador.

—¡Bel! —grito.

Tendría que haberla ahogado.

Mi hermana y yo nos enzarzamos en una discusión sobre su tremenda bocaza sin percatarnos de que nuestra madre se ha quedado en *shock*. Lo mismo le está dando algo y nosotras aquí sin enterarnos.

—Mamá, ¿estás bien?

Le sujeto la mano que tiene sobre la mesa, preocupada.

—Sí, cariño, estoy bien, pero es que no sé si me horroriza la idea —me mira y descubro un atisbo de sonrisa— o me encanta.

—Nos encanta, madre —añade Bel, que le aprieta la otra mano—. Nos encanta muchísimo.

¡¿Pero qué dice esta loca?!

Lo que me faltaba era que se llevara a nuestra madre a su terreno e hicieran piña contra mí. Como si no tuviera suficiente con una.

¿Por qué demonios no la he matado todavía?

—Si tú eres feliz, nos encanta muchísimo —expone doña Helena.

Pongo los ojos en blanco. Es lo único que puedo hacer. Tengo perdida esta batalla, así que no merece la pena gastar saliva, salvo para echar más leña al fuego.

—¿Y Belinda ya te ha dicho que le gusta Martín?

A mi hermana se le atraganta el último bocado. Y yo me meo de la risa.

Después de todo, no era tan difícil ahogarla.

¡Chúpate esa, querida!

—Serás capulla —me recrimina.

—Donde las dan, las toman, caramelito.

—Quiero saberlo todo —se emociona nuestra madre, que pone toda su atención en ella.

Lo que me permite respirar aliviada.

—¡Hay que ver lo que le gusta un culebrón a esta señora! —Belinda me habla como si nuestra madre no pudiera oírla, pero puede, y el comentario le cuesta un manotazo cariñoso.

—¡Niña! No seas impertinente.

—¡Que somos tus hijas! —responde mi hermana—. A ver si te has creído que estás viendo un capítulo de una serie turca.

—Esto es mejor que una serie turca, hija —añade con una sonrisa.

Belinda y yo nos miramos confusas. No tengo pruebas, pero tampoco dudas, de que nosotras dos no lo vemos tan claro. Pero nuestra madre está tan entusiasmada con nuestros supuestos amoríos que, solo por eso, merece la pena seguirle un poquito la corriente.

Capítulo 17

Y un lunes de folletín

Bianca

El lunes es un día raro.

Para empezar, me topo con otro maldito sobre en el suelo del café. El tercero. Hacía semanas que no había rastro de ellos y empezaba a pensar que fuera quien fuese el remitente se había cansado de enviarme apoyo moral a través de mensajes subliminales. Porque tiene que ser eso, ¿verdad? Que los anónimos empezasen a aparecer después de que me enterase de la inminente boda de mi exmarido no puede ser una coincidencia. Le he dado muchas vueltas y es la única explicación que no me parece un disparate. Dentro del disparate que ya supone el mero hecho de recibir esta extraña correspondencia de vete tú a saber quién.

Rasgo el papel y extraigo la tarjeta.

No es el final. Es un nuevo comienzo.

¿Qué narices significa esto? ¿Quién puñetas lo envía?

Resoplo frustrada. Esto es agotador.

¡Como si no tuviera suficientes problemas!

Me siento como si alguien observara todos y cada uno de mis movimientos a través de una mirilla y, si lo piensas bien, resulta inquietante.

¿No sería más fácil enviar un wasap? ¿Un *email*? ¿Decírmelo a la cara? Estoy empezando a cansarme de estas intrigas palaciegas.

Hago una foto y se la envío a mi hermana antes de guardarlo en el cajón de la cocina, junto con sus predecesores, y me dispongo a empezar la jornada.

Martín y yo compartimos turno con una falsa calma que enrarece el ambiente. Apenas mediamos palabra más que para lo imprescindible. Lo que, por supuesto, no incluye a mi hermana. Yo no he querido sacar el tema y él tampoco lo ha hecho. No sé si porque sospecha que estoy al corriente de lo sucedido o por todo lo contrario. Sea como fuere, le respeto.

El cambio de fichas sorprende a muchos de los clientes habituales, que esperaban encontrarse con Bel. Y, desde luego, a Claudia, que no sabe nada del asunto, pero no seré yo quien le vaya con el chisme. Que se apañe con Belinda y sus listas de reproducción de música italiana.

Y hablando de la reina de Roma…

Mi hermana entra en el Oberón acompañada —quiero pensar que por pura casualidad y no con la peor de las intenciones— de Carlos, el abogado *buenorro* por el que suspiraba hasta hace no tanto. Cruzan el local entre risas, algo que a Martín, que se escabulle como alma que lleva el diablo, no le hace ninguna gracia.

Madre mía, qué culebrón.

Y yo que pensaba que las cosas no podían ir a peor.

Menuda idiota estoy hecha.

Y para rizar un poquito más el rizo…

—Por Dios, Bel —murmuro en cuanto se acerca—. ¿Lo de la camiseta era necesario?

—Por supuesto.

En la camiseta en cuestión pone: DOCTORA *HONORIS CAUSA*. Bueno, más o menos, porque la ene está tachada y, justo encima, hay una erre doble. Así que en realidad pone: DOCTORA *HORRORIS CAUSA.*

Sacudo la cabeza con desaprobación.

Está claro que mi hermana no tiene remedio.

—¡Hasta mañana! —Bel se despide de Martín, con muy mala baba, cuando este pasa por su lado en dirección a la puerta sin tan siquiera mirarla.

No, si encima pretenderá que se despida de ella a bombo y platillo después de la que ha liado.

—La madre que te parió, Belinda.

—¿Y ahora qué he hecho?

—¿A ti qué te parece?

Cabeceo en dirección al abogado, que ya ocupa una de las mesas del café.

—Nos hemos encontrado en la calle —alega.

—Martín se ha ido mosqueado —susurro para evitar que Claudia nos escuche.

—Pues, si le pica, que se rasque. Ha dejado muy claro que no quiere verme ni en pintura, así que lo siento, pero pienso hacer lo que me salga del *peperete.* Y ahora, si no te importa, voy a hacer tortitas.

—Mientras no te las saques del *peperete…*

—Idiota.

El resto de la semana transcurre con la misma calma tensa. Silencios incómodos, encontronazos, caras de hastío, tristeza, desidia… o vete tú a saber qué. Nunca se me ha dado demasiado bien leer entre líneas. Y ahora mismo, con el teléfono en la mano y la conversación de WhatsApp abierta, me parece una putada.

HUGO
Necesito unos zapatos para la boda.

BIANCA
Lo siento. No tengo ningunos de tu talla.

HUGO
Entonces, tendremos que ir de compras.

BIANCA
¡¿Otra vez?! Odio ir de compras.

Sí, soy de esas mujeres que prefieren ir al dentista que a comprar ropa.

No voy a pedir disculpas por mis rarezas.

HUGO
Lo sé, pero es una emergencia.

BIANCA
No seas dramático.
Quedan dos meses para la boda.

HUGO
No es por los zapatos. La emergencia es verte.

¡Por todos los satélites de Urano! ¿Es una broma? ¿Estoy sacando las cosas de contexto? Leo el mensaje por cuarta vez en el mismo minuto. ¿Belinda tenía razón? Odio utilizar esas últimas tres palabras juntas. Hago una captura de pantalla de la conversación y cambio de contacto.

BIANCA
¡¡¡¡Socorro!!!! (Foto adjunta)
Dime que no es lo que parece.

La respuesta de mi hermana no tarda en llegar.

BEL
A mí lo que me parece es que el Cascanueces
quiere darte como a un cajón que no cierra.

BIANCA
¡Por Dios, Belinda! No eres más bruta
porque no ensayas.

No sé de qué me sorprendo. Debería haber esperado una respuesta así.

BEL
Y por la Virgen, Bianca. Soy clara como el agua.

Igual mi hermana no era la persona más indicada a quien pedirle opinión. A fin de cuentas, ella ya pensaba que le gusto a Hugo antes de esta conversación. Claudia hubiera sido más neutral, pero ya no comparto turno con ella. Odio esta situación. ¿Será muy descabellado si…?

—Martín, ¿puedes ayudarme con una cosa?

Puede que me arrepienta, pero necesito una segunda opinión.

—Claro.

—No te rías, ¿vale?

—¿Por qué iba a reírme?

—Dime cómo interpretas tú esta conversación. —Le

entrego el teléfono y espero impaciente su veredicto—. ¿Qué opinas? —lo asalto en cuanto despega los ojos del terminal.

—A este tío le gustas —responde convencido.

—¿Estás seguro?

—«La emergencia es verte» —lee en voz alta el último mensaje y yo me muero de vergüenza—. Yo lo veo clarísimo.

—Mierda.

—Deduzco que a ti no te gusta él.

—No es eso.

«Pero tampoco quiero contarte el embrollo mental que tengo».

—Entonces, ¿qué es?

—Es complicado.

«Bien, Bianca. Un resumen perfecto».

—Un momento… —Una sonrisa maliciosa asoma a sus labios—. ¿Este no es tu cuñado?

—Excuñado.

Recalco el «ex» como si me hubiera poseído el espíritu de Belinda.

—Pues tu «excuñado» te ha vuelto a escribir.

Martín me tiende el teléfono y yo levanto las manos como si, en lugar de entregarme un móvil, me apuntara con una pistola.

> **HUGO**
> Tengo que contarte algo que no te va a gustar.

El mensaje debería preocuparme, no obstante, respiro aliviada. Nunca me había alegrado tanto ante la perspectiva de recibir una mala noticia. Y esto tiene toda la pinta de serlo.

—Falsa alarma.

Y menos mal, porque estaba al borde del colapso.

BIANCA
Entonces, no quiero saberlo.

HUGO
Olvida los zapatos. ¿Me invitas a cenar?

BIANCA
Qué morro tienes...

HUGO
Llevo vino.

BIANCA
A Bel le encantará saberlo.

Sí, pienso utilizar a mi hermana de carabina.

El cacao mental que tengo ahora mismo en la cabeza justifica mi decisión. Y punto. De hecho, es lo primero que le digo en cuanto la veo entrar por la puerta del café.

—Hugo viene a cenar a casa. —Bel sonríe con maldad. Mucha maldad—. No pongas esa cara, no es lo que crees.

—¿No es una emergencia? —pregunta con retintín, porque desconoce la existencia del último mensaje de Hugo.

Le pongo la pantalla del teléfono delante de los morros y espero un tiempo prudencial para que pueda leer la conversación completa.

—Ah, no, reina. —Sacude las manos—. A mí no me metas en tus mierdas, yo bastante tengo con las mías.

Mi hermana desvía la vista hacia Martín, lo sé porque yo miro en la misma dirección y descubro que él también ha clavado sus ojos en ella. Visto desde fuera, da la sensación de que estuvieran manteniendo una conversación en el más absoluto silencio. Una llena de reproches.

«Sí, caramelito. Mis mierdas se resumen en ti».

«Si te hubieras decidido antes, otro gallo cantaría».

Ahora mismo me siento como una vulgar mirona.

Martín aparta la mirada y Bel vuelve a fijar su atención en mí.

—Por favor, Bel.

Hago un puchero. No quiero suplicar, pero lo haré si es necesario.

—No quiero meterme donde no me llaman, Bianca.

—Te lo pido por favor. Algo me dice que voy a necesitar apoyo moral.

—Está bien —accede al fin—. Pero si la cosa se pone intensa me las piro.

Obvio ese último apunte.

Y espero que no llegue la sangre al río.

Como tengo tiempo más que de sobra hasta la hora de la cena, decido pasar por el supermercado para comprar víveres. Después de una larga y reparadora ducha, me visto con unas mallas y una sudadera holgada, que tiene más años que Matusalén, y me meto en la cocina para preparar mi plato estrella: albóndigas. No conozco a nadie que las haya probado y que no le gusten. Separo unas cuantas que introduzco en un táper y cruzo el rellano.

—¿Mamá? —la llamo desde la puerta.

—¡En el salón! —recorro el pasillo hasta dar con ella.

Me la encuentro en el sofá, con una manta sobre las piernas y un libro abierto en el regazo.

—Te he traído albóndigas, así mañana no tienes que cocinar.

Le muestro el recipiente, que dejo sobre la mesa, y me siento a su lado.

—¿Qué lees?

—*Orgullo y prejuicio*.

—¿Otra vez? —He perdido la cuenta de las veces que lo ha leído. Creo que lleva años enamorada en secreto del señor Darcy—. ¿No te aburres de leer siempre el mismo libro?

—Si algo te gusta mucho, es difícil que te aburras. ¿No crees?

—¿Por qué tengo la impresión de que ya no estamos hablando del libro?

—Porque eres muy lista, hija. —Sonríe con malicia y sé que he acertado—. ¿A qué hora has quedado con Hugo?

—¿Cómo sabes tú que he quedado con Hugo? —me sorprendo.

Huelga decir que yo no le he dado esa información.

«Salvo que…», concluyo en cuanto ato cabos.

—Me lo ha contado Belinda.

«Acabáramos».

—Será cotilla la tía.

—Se preocupa por ti, Bianca —la defiende mi madre—. Y yo también.

—Ya lo sé, mamá, pero estaría bien tener un poquito de intimidad, para variar. Que en esta familia no puedes tirarte un pedo sin que lo sepa todo el mundo.

El sonido de las llaves en la cerradura me pilla desprevenida.

—¡Bianca! Ya estoy en casa —grita desde el recibidor.

Como si no me hubiera dado cuenta de que ha llegado. Se asoma a la cocina y me enseña una sonrisa tan perversa que miedo me da lo que vaya a decir—. Por cierto, me he encontrado al Cascanueces en el portal.

La mato.

Juro por Dios que la mato.

Hugo aparece a su lado y la mira con el ceño fruncido. Mierda. La ha oído. Y ahora va a hacer preguntas. Y yo me cago de miedo, porque Belinda es peligrosa. Mi hermana es muy capaz de soltar lo que opina de su culo por esa boquita de piñón que tiene.

—Voy un momento al baño.

Encima se escaquea.

¡La mato! Empieza a ser un pensamiento recurrente, pero es que ¡no me fastidies! Primero suelta la bomba y luego me deja sola con el marrón.

Hugo se ha quedado en la puerta, parece confuso. Sacude la cabeza y me sonríe antes de enseñarme un par de botellas de vino.

—¿Crees que será suficiente vino?

—A Bel siempre le parece poco vino y, además, no está en su mejor momento.

—Algo me ha contado. —«Bien, Bianca», me animo, porque parece que he conseguido esquivar esa bala—. Por cierto, ¿tú sabes por qué me llama «Cascanueces»?

Tocado y hundido.

¡Me cago en…!

Lo tengo claro. Voy a matar a Belinda.

Capítulo 18

El Cascanueces

Hugo

—¿Tú sabes por qué me llama «Cascanueces»?

—Será mejor que te lo explique ella. —Tengo que contener la sonrisa al notar el nerviosismo en su voz—. ¿Tienes hambre?

«Mucha».

Me esquiva para salir de la cocina con el recipiente de la cena en las manos y mis ojos se desvían hacia esas mallas desgastadas que lleva puestas. Si hay algo que siempre me ha gustado de Bianca es su naturalidad.

—Veo que te has puesto tus mejores galas para recibirme —la pico.

—Estamos en familia.

Y, aunque odio reconocerlo, ese «familia» cada día me escuece un poco más.

¿Alguna vez lo hemos sido de verdad?

Mi madre nunca terminó de aceptarla del todo. Creo que solo la toleraba porque no le quedaba más remedio que tragar, aunque nunca he entendido de dónde venía esa animadversión que sentía y que, desde luego, ella no merecía. Bianca es guapa, trabajadora, honesta, leal, quería a su hijo y lo hacía feliz. ¿Qué más podía pedirle? Que le bailara el agua y se dejara mangonear. Pero eso no ocurrió.

A mi padre sí le gustaba Bianca, el problema es que siempre se mantuvo al margen, porque le faltaron agallas para enfrentarse a mi progenitora. Es de los que tienen todo incluido en el cuarto de la salud. Se limita a ver, oír y callar.

Y de mi hermano mejor ni hablamos, porque ni tengo nada bueno que decir ni forma alguna de justificar sus actos.

Puta familia disfuncional.

Eso es lo que somos.

—Qué bien huele.

Acerco la nariz a la bandeja que acaba de depositar en la mesa del comedor, sobre la que ya ha dispuesto todo lo necesario para la cena.

—¡Ya estoy aquí! —anuncia Bel—. ¿Cenamos? Me muero de hambre. ¿No habéis abierto el vino? ¿Por qué no habéis abierto el vino todavía?

Bel es como una ametralladora. Y me encanta. Es igual de natural que su hermana, solo que en versión bestia. Siempre he pensado que tiene un cable pelado.

—Voy a por un abridor.

Bianca pone los ojos en blanco y se encamina hacia la cocina.

—¿Qué te ha pasado con Martín? —pregunto.

Porque en el ascensor me ha contado que han tenido un «problemilla», pero no ha entrado en detalles.

—Que es idiota. —Arqueo una ceja y ella continúa—: Le he dicho que me gusta y se ha acojonado.

—Yo también me acojonaría.

—¡Oye!

Se hace la ofendida y me lanza una servilleta.

—¡Niños, portaos bien! —nos reprende Bianca.

Mientras ella llena los platos de comida, yo hago lo propio con las copas de vino. Pasamos buena parte de la cena charlando, principalmente del drama de Bel con Martín, al que han debido de pitarle los oídos durante un buen rato, porque ella lo ha puesto de vuelta y media.

—¿Sabéis qué os digo? Que se la pique un pollo. Que yo paso.

—No te lo crees ni tú —malmeto antes de llevarme la copa de vino a los labios.

A mí no me engaña. Se nota a leguas que está molesta.

—Capullo —susurra con los ojos entrecerrados—. Y hablando de capullos, ¿qué le pasa ahora al imbécil de tu hermano?

—¿Por qué das por hecho que lo que pasa tiene que ver con él?

Alucino.

—Porque has dicho que no le va a gustar. —Señala a Bianca—. Blanco y en botella, querido.

Repito: alucino. La asociación de conceptos de Belinda debería ser objeto de estudio en una de esas prestigiosas universidades norteamericanas.

—Joder. —¿He dicho ya que alucino?—. Creo que necesito más vino.

—A mandar.

Belinda rellena mi copa con premura.

Bebo otro trago con dos pares de ojos clavados en mí a la espera de que hable, así que lo suelto sin más.

—Tenemos que sentarnos en la mesa principal.

Bianca abre los ojos como platos. Y la boca. La boca también.

Belinda se atraganta con un pedazo de albóndiga.

Y yo vuelvo a llenar mi copa, porque noto la lengua áspera como una lija. Ya me libraré mañana en el gimnasio de los excesos de esta noche.

—Estás de broma, ¿verdad?

A Bianca le cuesta horrores pronunciar esas cuatro palabras.

—No —respondo.

Le pedí expresamente a Víctor que no me sentara en la mesa principal, incluso antes de que se enterara de que Bianca iba a ser mi acompañante. Y, en su momento, no pareció importarle, por lo que no me queda más remedio que asumir que esto es una especie de venganza. Algo en plan: «Si tienes huevos para venir con ella, atente a las consecuencias».

—Ay, Dios. ¿Qué vamos a hacer?

Bianca está lívida.

—Nada, por supuesto.

—¿Te has vuelto loco?

—¿De verdad no lo veis? —Las dos me miran confusas y yo resoplo frustrado—. ¡Es un farol! Víctor te conoce lo suficiente como para saber que no accederás a sentarte en la misma mesa que ellos.

—Psicópata retorcido —murmura Belinda, ya repuesta de su percance con la albóndiga.

Bianca duda y yo continúo mi alegato como un picapleitos de tres al cuarto ante la demanda de su vida.

—Piénsalo bien, Bianca. ¿Crees que Laura estaría de acuerdo?

—Siento ser aguafiestas… —Bel mira a su hermana, y puedo asegurar que no lo siente en absoluto—, pero el argumento del Cascanueces tiene sentido.

—Tú no le des coba —le reprocha su hermana.

Antes de que se enzarcen en una de sus discusiones, insisto en un tema que me tiene un poquito mosqueado.

—¿Alguien va a decirme a qué viene eso de «cascanueces»?

Las dos hermanas se miran entre sí antes de que Belinda responda con la naturalidad que la caracteriza.

—Pues a que tienes el culo para partir nueces, Hugo. Casca-nueces. ¿Lo pillas?

No puedo evitar reírme.

—¿Desde cuándo me miras el culo?

—¿Desde que te conozco? —asegura.

—Pervertida.

—Ay, si yo te contara…

El chirrido de las patas de la silla de Bianca interrumpe nuestra extraña conversación.

—¿Alguien quiere café?

—¿Café? ¿A estas horas? —Se sorprende Bel—. Bianca, que luego no duermes.

—Tienes razón. —Bianca vuelve a sentarse—. Mejor me tomo otro vino. —Rellena la copa y se despacha la mitad del contenido de un trago—. Genial, ahora que habéis aclarado el asunto de las nueces creo que deberíamos centrarnos en lo importante. Supongamos que te compro la teoría de que va de farol —retoma la conversación en el punto en que la dejamos—. ¿Qué hacemos ahora? ¿Preparar un discurso para el brindis? ¿Apuntarnos a bailes de salón?

—¡Me apunto a eso!

Belinda se frota las manos con cara de sádica.

Y me juego el cuello a que el discurso que tiene en mente ahora mismo es igual de sádico. Será mejor que cambiemos de tercio.

—Yo me apunto a las clases de baile —respondo.

—¿Cómo dices?

—Si vamos a hacerlo, tendremos que hacerlo bien. No querrás que quedemos en ridículo delante de toda esa gente, ¿no?

—¿No sabes bailar? —Esta noche Belinda va de sorpresa en sorpresa—. Vaya por Dios, se me acaba de caer un mito. ¿Sabes que la forma de bailar de alguien dice mucho de cómo se desenvuelve en otras tesituras? —Mira a su hermana y añade—: Ojo, que igual lo del cajón no es viable.

—¡Belinda, por Dios!

—Y por la Virgen, Bianca. Y visto lo visto, no creo que vayas a tener oportunidad de saludarla.

Me encantaría saber de qué demonios hablan.

—¿Me lo explicáis?

—¡No! —gritan a coro.

Pues sí que han escogido el momento para ponerse de acuerdo.

Capítulo 19

No tengo pruebas, pero tampoco dudas

Bianca

¿La locura es contagiosa? Tiene que serlo. Es la única explicación lógica para que yo me encuentre en esta tesitura. Que me he vuelto loca. Rematadamente loca. Terminaré mis días en un sanatorio mental, atiborrada a pastillas de colores, con una camisa de fuerza nada favorecedora y un diagnóstico irrefutable. Lo veo venir. Desde la puerta, examino la amplia habitación en la que estoy a punto de entrar. A la derecha, un enorme ventanal aporta luz a la estancia. El resto de las paredes están cubiertas de espejos que van desde el suelo al techo, exceptuando el hueco que ocupa la puerta de acceso en la que me encuentro. Suelo de madera. Techos blancos. En otras circunstancias, el conjunto me inspiraría paz. En las circunstancias en las que me hallo, lo único que quiero es echar a correr sin mirar atrás.

Solo rompe el silencio el bullicio procedente de un grupo de personas que, ajenas todavía a nuestra presencia, charlan junto a lo que parece un equipo de sonido.

¿Cómo he terminado aquí? Ah, sí, guiada por Hugo y alentada por Belinda, a la que eso de que seamos los reyes del mambo en la boda le pareció una «ideaca». Palabras textuales. ¡Si yo solo quiero pasar desapercibida! ¿Por qué ninguno de los dos lo entiende? Y lo más importante, ¿en qué momento esos dos se han aliado contra mí?

—¿Preparada? —pregunta mi pareja de baile.

«Pareja de baile». Por Dios. Si es que todavía no me creo que vaya a hacer esto.

—Ya sabes que no.

—¡Bienvenidos! —nos saluda una de las integrantes del grupo. Morena. Alta. Esbelta. Con ese pelo rizado perfecto. Joder, qué mal repartido está el mundo. Desprende una energía que no me importaría que fuera contagiosa, para qué mentir—. Pero no os quedéis en la puerta. ¡Entrad! —Hugo da un paso al frente, pero yo no me muevo ni un milímetro—. Vamos, chicos. No seáis tímidos.

«Claro que sí, reina, qué fácil es decirlo», pienso.

Miro a Hugo suplicando sin palabras que nos vayamos por donde hemos venido, pero no lo entiende, o sí, pero no me hace ni puñetero caso. En lugar de eso, agarra mi mano y tira de mí para arrastrarme al interior de la sala.

Genial. Estoy atrapada.

—Bienvenidos, chicos —repite la morena—. Soy Celia, una de las profesoras —se presenta—. Y él es Reynaldo, mi compañero. ¿Es vuestra primera vez?

—Sí —responde Hugo.

Yo no digo ni mu.

Bastante tengo con coordinar la respiración para que no me dé un colapso.

—Ya veréis como enseguida le cogéis el punto.

Por mucho que se empeñe esta mujer, dudo de que yo vaya a cogerle el punto, la coma o el paréntesis, pero me limito a sonreír como si lo considerase factible. Menos mal que apenas hay un par de parejas más, porque no me apetece nada hacer el ridículo delante de un montón de desconocidos. Lo que me recuerda que tampoco quiero hacerlo en la boda de mi ex y que, precisamente, por eso estamos aquí.

—Primero, voy a enseñaros un par de pasos básicos. ¿De acuerdo?

Serán básicos, pero, cuando intento replicarlos, me siento como si tuviera que resolver una ecuación de segundo grado. Como un pato mareado. Como si tuviera dos pies izquierdos. Como un insecto palo. Creo que os podéis hacer una idea. Hugo, sin embargo…

—¿Seguro que es tu primera vez? —Celia comparte y verbaliza mis sospechas.

—Seguro —miente.

No tengo pruebas, pero tampoco dudas.

Solo hay que ver cómo mueve las caderas.

Por todos los satélites de Urano. Os juro que lo de este chico no es ni medio normal. Primero se me despelota en mitad de un probador para enseñarme unos abdominales más propios de un dios griego que de un ser humano y ahora se contonea delante de mis narices como si estuviera poseído por el espíritu de la lambada.

«¿Sabes que la forma de bailar de alguien dice mucho de cómo se desenvuelve en otras tesituras?». La voz de Belinda en mi cabeza provoca un cortocircuito que se multiplica por mil cuando añade: «No hay nada de malo en que hayas fantaseado con clavarle las uñas en la espalda como si fueras una gata en celo».

Por mi propia salud mental intento acallar la voz de mi hermana y alejar ese sucio pero interesante pensamiento de mi cabeza.

Me cago en la leche agria. ¿En qué momento he empezado yo a mirar a Hugo con esta lascivia tan inapropiada? Porque una cosa es reconocer que está bueno o que puede que me guste un poco, y otra muy distinta asumir que puede que me ponga mucho.

La clase se me hace eterna. ¡Eterna! Os diré una cosa. Los ritmos caribeños son incompatibles con guardar la distancia de seguridad. Lo he pasado mal. Solo me ha faltado soltarle a Hugo aquella frase de *Dirty Dancing*: «Este es mi espacio y ese es el tuyo. Yo no me meto en el tuyo ni tú en el mío, tienes que mantener la postura». Y eso que solo era la «clase de prueba» y hemos bailado con más gente; no me quiero imaginar lo que puede llegar a ocurrir si tenemos que hacerlo los dos solos y en plan serio.

Lo peor es que pretende que vengamos un día a la semana. De hecho, lleva intentando convencerme desde que salimos de la academia, o lo que sea ese sitio en el que hemos estado.

—La semana que te toque trabajar por la tarde podemos venir a la última clase.

—¿Y eso es?

Solo lo pregunto para buscar una excusa creíble.

—A las diez —responde tras consultar el panfleto con los horarios que ha cogido antes de marcharnos.

—¡¿De la noche?!

Pero ¿esta gente no duerme o qué?

—También hay clase los domingos —añade.

Pues qué bien. Veo que ha estudiado todas las posibilidades. Y, ahora, ¿qué excusa me invento? Porque la del horario ya no me sirve.

—Hugo… yo esto no lo veo. ¿No podemos ver tutoriales en YouTube como todo el mundo?

«Cada uno en su casa», añade mi subconsciente.

—No seas negativa. Es nuestro primer día.

—El tuyo no —apostillo con sarcasmo—. Esa forma de moverse no viene de serie.

—¿Qué forma?

Se para en mitad de la calle y me mira con media sonrisa.

—Oh, venga ya. —Pongo los ojos en blanco y me detengo un par de pasos por delante de él—. Sabes a lo que me refiero.

—No tengo la menor idea.

«Será embustero», pienso.

Lo que quiere es que le regale los oídos, pero va listo, porque no pienso confesar.

—Ya…

Estoy a punto de reanudar la marcha cuando agarra mi

mano y tira de mi cuerpo hasta que acabo estampada contra su pecho como una pegatina. ¡Por Dios bendito! Esto no es un pecho, es un muro de hormigón. Rodea mi cintura con la otra mano y la distancia entre nosotros se evapora.

—¿Qué haces? —suelto un chillido histérico.

—¿Te refieres a este movimiento?

El muy capullo empieza a mover las caderas pegado a mi cuerpo.

¡ME MUERO! Así. En mayúsculas. No sé si de la vergüenza o del sofocón que me está entrando, pero me muero. ¿Y pretende que pasemos dos meses así? Este hombre no sabe lo que dice.

—Por Dios, Hugo. Que estamos en mitad de la calle. —Lo aparto de un empujón que apenas lo desplaza un par de centímetros y se descojona. ¿Cuándo ha empezado a hacer tanto calor en la calle?—. Capullo.

—Si no te gusta la bachata, podemos probar otra cosa. —Revisa el papel y lee en voz alta—. ¿Tango? ¿Merengue?

—El problema no es el estilo musical, Hugo, es que yo soy arrítmica.

—No eres arrítmica, lo que pasa es que estás demasiado tensa. —¡Como para no estarlo!—. Mañana podemos seguir practicando.

No, no y no. De ninguna manera. Las clases de baile ya me parecen suficiente tortura.

—Ayer cenamos juntos, hoy hemos venido a clases de baile, y mañana quieres que volvamos a quedar para practicar —expongo—. Creo que nos vemos demasiado.

Sobre todo, desde el punto de vista de mi estabilidad emocional, que resulta que ahora, no sé ni cómo ni por qué, lo encuentra excesivamente atractivo.

—¿Ya te has cansado de mí?

Parece dolido.

—No es eso.

«No es eso». Esas tres palabras se han convertido en mi frase estrella.

—¿Entonces?

—No sé si me gusta el plan.

—Joder, Bianca. Cualquiera diría que te he pedido que me ayudes a deshacerme de un cadáver.

—Si es el de tu hermano, cuenta conmigo.

El comentario destensa el ambiente. Al menos en apariencia, porque en mi interior la tensión se podría cortar con un cuchillo para mantequilla.

Y la cosa no mejora con el paso de las horas. Duermo poco y mal. No entiendo qué demonios me está pasando con Hugo, pero lo que tengo claro como el agua es que normal no es. Sigo pensando que pasar tanto tiempo juntos no es una buena idea. Que necesito poner un poco de distancia para ver las cosas con perspectiva y deshacerme de este lío mental.

Capítulo 20

Malditos ritmos caribeños

Bianca

El problema de necesitar distancia con alguien es que ese alguien tiene que estar dispuesto a colaborar. Y por si no lo habíais intuido todavía: no. No es el caso de Hugo. Él no colabora.

—¿Qué haces aquí? —pregunto en cuanto me topo con él, y su sonrisa perfecta, plantados en el rellano.

—Te dije que vendría.

—Y yo que no me gustaba el plan —respondo con brusquedad.

¿Por qué la gente no escucha?

—Dijiste que no sabías si te gustaba.

Pongo los ojos en blanco por su matización.

—No quería ser maleducada.

—Pues ahora lo estás siendo.

Tiene razón. Me he puesto a la defensiva y me estoy comportando como una estúpida. A fin de cuentas, él no tiene la culpa de mis dilemas existenciales, aunque sea el origen de todos ellos.

—¿Vas a invitarme a entrar o prefieres que me marche?

Me aparto de la puerta y le cedo el paso.

Una manta arrugada sobre el sofá, un bol de palomitas sobre la mesa y la televisión encendida nos dan la bienvenida en cuanto entramos al salón.

—¿Este era tu plan?

La pregunta derrocha ironía y yo empiezo a arrepentirme de haberlo dejado entrar.

—Era un planazo.

¿Acaso hay algo mejor que hacer una tarde de sábado? Me dejo caer en el sofá sin miramientos. Hugo se sienta a mi lado, con mucho más decoro que yo, y coloca el portátil que ha sacado de su mochila sobre la mesa.

—Me he pasado la mañana buceando en YouTube...

—Tú tienes demasiado tiempo libre —lo interrumpo mientras él teclea.

No puedo culparlo por trabajar de lunes a viernes y disfrutar del fin de semana entero, pero me encanta picarlo.

—No seas impertinente —me reprende—. Como te decía, me he pasado la mañana en YouTube y he encontrado un montón de vídeos con pasos básicos para principiantes...

Los siguientes minutos de mi vida se resumen en una sucesión infinita de tutoriales acompañados de las —también infinitas— explicaciones de Hugo, que parece un experto en bailes latinos. La pregunta que me ronda la cabeza es si ya lo era antes de meternos en este jardín o si los conocimientos de los que hace gala son producto de un exhaustivo trabajo de investigación.

Bachata, salsa, merengue, *kizomba*... Y a mí que todo me parecía lo mismo, resulta que ni de lejos, que soy una ignorante, que esto es un universo y yo un planeta perdido.

—A mí me gusta la bachata —expone—. ¿Qué opinas?

—Que a esa gente le gusta mucho arrimarse.

«Y yo no quiero arrimarme tanto a ti».

«O sí, y eso es todavía peor».

—¿Prefieres el merengue?

—El merengue mejor en postre.

Rescato de la mesa el bol de palomitas y me llevo un puñado a la boca.

—¿*Kizomba*?

—Que digo yo que tampoco tenemos por qué bailar...

Hugo resopla y, a la vez, ignora mi comentario con premeditación y alevosía mientras selecciona un vídeo y se levanta del sofá.

—Vamos.

Me tiende la mano.

Yo lo miro confusa mientras mantengo mi posición, aferrada al bol como si fuera mi salvavidas.

—¿Adónde? —pregunto.

Sí. Me estoy haciendo la tonta, pero que conste que lo hago en defensa propia.

—A bailar.

—¿Ahora?

—¿Tú qué crees?

—¿No prefieres que veamos una película? —Me llevo otro puñado de palomitas a la boca—. Te dejo elegirla —mascullo con la boca llena y ni pizca de educación.

Malditos nervios.

—Por favor… —murmura, exasperado, con los ojos en blanco.

Me quita el bol de las manos y me levanta de un tirón hasta que quedo de pie frente a él. Estoy a punto de protestar, pero me guardo las ganas de hacerlo cuando leo la advertencia en su mirada. Así que me limito a tragar el nudo que se ha formado en mi garganta y resoplar, mientras él coloca el ordenador para que podamos ver la pantalla desde el centro del salón, y pulsa el *play* del vídeo que tenía seleccionado.

«Pasos básicos de bachata para principiantes».

Apenas cuatro minutos de vídeo.

Creo que podré soportarlo.

Una clase de baile llena de gente que sigue las indicaciones del profesor al ritmo de *Me emborracharé* ocupa la pantalla. Y he de decir que la elección musical no podría parecerme más acertada, porque ahora mismo hasta yo me tomaría un copazo.

141

Intento no mirar a Hugo. Y, por Dios, espero que él no me esté mirando a mí, porque el espectáculo debe de ser lamentable.

—Relájate, Bianca.

—Qué fácil es decirlo.

¿Por qué la gente se empeña en decirte lo que debes sentir —o no sentir— como si estuviera en tu mano hacerlo? «Cálmate. No te preocupes. No te pongas nervioso. Relájate». ¿De verdad se creen que funciona?

Tal vez debería decirle que es difícil relajarse cuando sientes que estás haciendo el ridículo más absoluto, plantada en mitad de tu salón, con unas mallas andrajosas y una camiseta de publicidad que te va dos tallas grandes, mientras imitas los movimientos de un tipo que tiene más ritmo en las caderas del que tú tendrás jamás. Ni qué decir tiene que el hecho de que Hugo lo haga infinitamente mejor que yo tampoco me ayuda.

Al primer vídeo le siguen otros tantos, y no sabéis lo que me arrepiento ahora mismo de haber tenido la genial idea de «ver tutoriales en YouTube como hace todo el mundo». Y sobre todo de haber hecho a Hugo partícipe de ella.

Cuando ya creía que la cosa no podía ser peor, selecciona otro vídeo.

«Bachata en pareja».

Veinticinco minutazos de vídeo.

Que alguien me mate y termine con mi sufrimiento. Por el amor de Dios.

Yo intento centrar mi atención en las explicaciones de la chica acerca de dónde colocar las manos y los pies. Lo único bueno es que bailar, lo que se dice bailar, bailamos poco, porque la muchacha habla mucho.

—Necesito un vaso de agua. —Me escabullo hasta la cocina con el único fin de poner distancia entre nosotros en cuanto termina el quincuagésimo vídeo sin darle op-

ción a que me detenga—. ¿Quieres beber algo? —pregunto.

Y no solo por educación, es que necesito una pausa. Una
bien grande. Pongamos que de un par de semanas.

—¿Tienes cerveza?

—Claro.

Cuando vuelvo al salón con las bebidas me lo encuentro
agachado delante de su ordenador, trasteando de nuevo
en YouTube. Madre del amor hermoso. ¿De verdad no va
a darme un respiro?

—¿La última? —pregunta.

—Por Dios, Hugo —protesto—. Me sale el Caribe por
las orejas.

—Algo había notado.

«¿De verdad va a ignorarme?», pienso en cuanto veo que
mueve el ratón y clica para iniciar el vídeo. Pero no. No me
ha ignorado, porque lo que suena de fondo nada tiene que
ver con los ritmos caribeños. Es AC/DC. Y puedo prome-
ter y prometo que no sabía la falta que me hacía cantar a
gritos hasta que lo he hecho. Con lo que no contaba era
con que Belinda nos encontrara de esta guisa en mitad del
salón y se pusiera a aplaudir y vitorearnos como una posesa,
descojonada perdida. Aunque supongo que el espectáculo
no es para menos.

De fondo suena a todo trapo *You Shook Me All Night
Long*. Hugo, de rodillas en el suelo —porque se ha lanzado
cual futbolista después de meter un gol—, con la espalda
arqueada y los ojos cerrados, entregado a la tarea de rasgar
las cuerdas de su guitarra imaginaria, mientras yo, de pie
frente a él, muevo la cabeza para sacudir mi melena adelante y atrás como si fuera el mismísimo Angus Young con
el uniforme del colegio.

Si es que vaya tela *pa* un traje…

—¡Bravo! —La muy petarda no deja de aplaudir—. ¡Bravo! ¿Me firmáis un autógrafo? Por favor. —Yo sacudo la cabeza porque no sé si reír o llorar—. Creía que la idea era aprender bailes latinos —señala.

—Tu hermana necesitaba un respiro —responde Hugo mientras se levanta del suelo—. La bachata no termina de convencerla.

—¿Por qué será…? —masculla entre dientes, lo suficientemente bajo como para que Hugo no la escuche, pero, aun así, la fulmino con la mirada—. Eso es porque tiene menos *flow* que un palo de escoba —remata.

La madre que la parió.

—Está demasiado tensa —argumenta el otro.

Definitivamente, estos dos se han aliado contra mí.

—Hombre, Cascanueces, si le arrimas cebolleta mientras bailáis, comprenderás que se ponga tensa.

Me quiero morir.

Pero antes voy a matar a Belinda. Y pienso asegurarme de que sufra.

Hugo alterna la mirada entre mi hermana y yo con la boca medio abierta. Tengo la impresión de que intenta decir algo, pero no consigue hacerlo.

Ahora mismo no sé quién de los dos tiene más ganas de salir huyendo.

Insisto: quiero matar a mi hermana y morirme después de hacerlo.

Capítulo 21

Mil calles y un callejón (sin salida)

Belinda

La primavera llega sin avisar, pero yo tengo la sensación de que me he quedado anclada en un largo invierno, entre los restos de una ventisca que me ha dejado los pies fríos. Algunos días, ni siquiera los preparativos del viaje consiguen librarme de la desazón que pesa sobre mis hombros y que se ha convertido en mi inseparable mochila.

Me negaba a creer que Martín de verdad quisiera cambiar el turno de forma definitiva para no tener que trabajar conmigo, pero lo ha hecho. Yo pensaba que se le pasaría en unos cuantos días, que lo olvidaríamos, que todo volvería a ser como antes de mi repentino arrebato de sinceridad, pero no ha sido así, por lo que ahora comparto jornada laboral con Claudia, que, aunque no tiene la menor idea de lo que ha ocurrido, tampoco ha sacado el tema. Y se lo agradezco. No llevo bien el escarnio público.

No debí decirle la verdad. Tendría que haberme inventado cualquier chorrada para justificar mi *gilipollismo* extremo de las últimas semanas, y aquí paz y después gloria. Pero no. Yo tuve que hacer alarde de sinceridad y mandarlo todo a la mierda.

¿O fue él quien lo hizo? Porque, por más vueltas que le he dado —y creedme cuando os digo que han sido muchas—, no entiendo esa necesidad de huir. Igual es porque yo me tomo las cosas de otra manera, pero, ¡joder!, a mí no me parece tan grave. ¿De verdad lo que le pedía el cuerpo era poner tierra de por medio como si yo tuviera la peste? Porque os juro que así es como me siento.

Como una apestada. Y me cabrea. Me cabrea muchísimo.

—Bel, ¿estás bien? —pregunta Claudia.

—Perfectamente, ¿por qué lo preguntas?

—Porque estás aporreando la masa de las galletas como si fuera un saco de boxeo. —Miro mis manos. Mierda. Tiene razón. Libero a mi presa y me limpio con un trapo, que estrujo con más fuerza de la necesaria—. ¿Quieres contarme qué pasa?

Noto la preocupación en su voz y clavo la vista en el impoluto techo blanco de nuestra cocina.

Es normal que se haga preguntas. Yo también lo haría.

—Supongo que te debo una explicación.

Fuerzo una sonrisa que no me llega a los ojos.

—A mí no me debes nada —afirma con rotundidad y dulzura a partes iguales, y yo la miro con ternura.

Mi dulce Claudia. Comprensiva y paciente hasta el final.

—La versión corta es que Martín no quiere trabajar conmigo —suelto sin rodeos.

—A esa conclusión había llegado yo sola.

Su respuesta me pilla por sorpresa.

—¿Ahora eres adivina?

Arqueo una ceja.

—No, pero tengo ojos en la cara y habría que estar ciego para no ver la tensión que hay entre vosotros. Es evidente que os ha pasado algo, lo que no sé es el qué.

—¿Estás segura de que quieres saberlo?

—Solo si tú quieres contármelo.

Es adorable.

Estoy a punto de hacerlo, de contarle con pelos y señales todo lo que ha pasado en las últimas semanas, cuando el insistente tintineo de la campanilla de la puerta, unido al bullicio del café, frustra mis planes.

146

—Creo que nuestra charla tendrá que esperar. —Claudia hace un mohín, decepcionada—. ¿Comemos juntas?

La mueca inicial deja paso a una amplia sonrisa.

—¡Claro!

Aplaude.

Juraría que hasta se le han iluminado los ojos. Hay que ver lo que le gusta el *mamarracheo* a la gente. Y yo me incluyo.

Unas horas después, tras terminar nuestra jornada, nos dirigimos al pequeño cuarto que utilizamos como vestuario. Bianca ya ha llegado para relevarnos y Martín estará al caer.

—Te espero fuera —me indica Claudia, mientras yo termino de atarme los cordones de las zapatillas en el pequeño banco instalado en el cuarto.

—Ahora salgo.

—Vale —responde—. ¡Ah! Hola, Martín.

Levanto la cabeza de mis pies en cuanto la escucho y me encuentro con una mirada glacial.

—Hola.

Trago con dificultad y me mantengo en alerta. Sin saber qué esperar.

—Hola —responde a regañadientes.

Se acerca al pequeño armario y cuelga su chaqueta en una de las perchas vacías sin tan siquiera mirarme.

Ni de reojo.

Y me molesta. Mucho.

Esto no puede seguir así.

Se acabó.

—Martín, esto es absurdo.

Mi voz suena a derrota y a vulnerabilidad, pero no me importa.

No tengo nada que esconder.

—En eso estamos de acuerdo.

—No puedes ignorarme para siempre. —Resoplo frustrada—. ¿De verdad no podemos olvidarlo?

—No —responde tajante, antes de girar sobre sus talones, dispuesto a marcharse y huir de mí.

Abandono mi asiento para retenerlo antes de que lo haga.

—Martín, por favor.

Mi mano agarra su muñeca y él clava la vista en la unión de nuestras pieles. Levanta la mirada y el frío que desprenden sus ojos me atraviesa como una flecha.

Él aprieta los dientes.

Yo trago saliva.

Él baja la vista hasta el punto exacto en el que nuestros cuerpos se unen.

Yo aprieto el agarre.

En este punto ya no sé si esto es una rendición o un duelo a muerte al amanecer, pero por la forma en la que me observa, de pie frente a mí, creo que estamos más cerca de la segunda opción que de la primera. Recorta la distancia, muy despacio, y yo contengo la respiración. Está tan cabreado que ahora mismo no tengo claro si va a besarme o a arrancarme la cabeza de cuajo. «Por favor, que sea la primera opción», rezo para mis adentros, vuelvo a tragar saliva, aprieto los labios y espero una reacción que no llega.

—No puedo hacerlo.

Martín se separa de forma brusca, se libra de mi agarre y se marcha dando un portazo.

¿Qué es lo que no puede hacer?

Esta vez soy yo la que sale del Oberón sin mirar atrás. Claudia me espera fuera; por suerte, no parece notar la tensión que me acompaña, y nos centramos en debatir dónde comer, en mitad de la acera, como dos pasmarotes.

—¿Vamos al Bocatino? —propone.

Y yo me relamo ante la perspectiva de uno de esos bocadillos llenos de cosas ricas que desbordan el pan.

—Tú sí que sabes cómo conquistar a una chica, caramelito.

La bocatería de Tino está a apenas un par de calles del Oberón y, al igual que el café, es uno de esos negocios de toda la vida que han pasado de generación en generación a lo largo de los años. Es un local pequeño, un superviviente en medio de todas esas franquicias de comida rápida que proliferan como setas después de la lluvia. Cuenta con apenas un par de mesas, pero también dispone de una amplia terraza en la que tomamos asiento, aprovechando el buen tiempo.

—¡Hombre! Si están aquí las chicas más guapas del Oberón —nos saluda Tino.

Creo que no es necesario que os diga que en este barrio nos conocemos todos.

—Verás cuando le diga a Bianca que has insinuado que es la fea del grupo —malmeto.

Pero como ya sabe de qué pie cojeo se limita a descojonarse sin entrarme al trapo.

Unos minutos después —aquí la rapidez es marca de la casa—, Claudia y yo damos buena cuenta de nuestra comida mientras la pongo al corriente de los acontecimientos.

—Joder, Bel. Vaya mierda —repite una y otra vez como un disco rayado.

He perdido la cuenta de las veces que lo ha hecho durante mi relato.

—Exacto, vaya mierda —corroboro.

—Aunque, si te soy sincera, en parte lo entiendo. —La miro mal—. No me mires así. Lo que quiero decir es que, si yo estuviera en su lugar, no sé si podría verte todos los días.

—Eso es muy cobarde, Claudia.

—Cobarde o no, cada uno se protege como puede.

—Ni que fuera a comérmelo.

—Dudo mucho que fuera a impedir que lo hicieras.

¿Se refiere a comérmelo en plan sexual?

La sonrisa pícara de Claudia me da la respuesta. Sí, no hay duda. Estamos hablando de sexo. De tener sexo con Martín, para ser exactos. ¿Cómo será en la cama?

«Borra, Belinda, borra. Te lo ordeno».

No te metas ahí. Huye. Deprisa.

—¿Y a ti qué tal te va con tu superhéroe de Marvel?

Cambio de tema de forma abrupta. Necesito alejar la tensión de mí.

—¿Superhéroe de Marvel?

—De ahí viene el nombre de Thor, ¿no? —pregunto—. Imagino que sus padres son unos *frikis*.

—Sí, sí, claro —titubea.

—Claudia. —Entrecierro los ojos porque tengo la impresión de que me oculta algo—. ¿Qué me he perdido?

—Prométeme que no te vas a descojonar.

—Si tienes que pedirme que no lo haga, las dos sabemos que lo haré.

No voy a mentir.

Eso, entre amigas, es alta traición.

—Vale. —Resopla, resignada—. Entonces, prométeme que no vas a vacilarme hasta el fin de los tiempos.

Dudo, porque algo me dice que me voy a arrepentir de hacer esta promesa. Pero…

—Tienes mi palabra.

—Bel… —No se fía un pelo. Si es que ya lo dice el refrán, coge fama y échate a dormir. ¿Veis como el refranero nunca se equivoca?—. Hablo en serio. ¿Seguro?

—Y dale —protesto, indignada, porque debería saber que mi palabra es sagrada.

—Vale. —Parece que la he convencido—. Se llama Torcuato.

—¡No! —exclamo con tanto ímpetu que por poco me caigo de la silla.

Esto sí que no me lo esperaba.

—Sí.

—No es posible.

—Te aseguro que lo es.

¿Qué clase de padres le ponen ese nombre a su hijo? ¿Fue un hijo no deseado o qué? Y yo que pensaba que mi nombre era feo de narices. No tengo perdón.

—Pero ¿por qué?

Intento entenderlo. Quiero pensar que, de la misma manera que mi padre escogió nuestros nombres por un motivo concreto, tiene que haber algo que justifique la elección del nombre de este chaval. Igual es una tradición familiar y todos los varones se llaman Torcuato. Feo pero coherente, ¿no?

—Su padre es muy fan de Torcuato Luca de Tena.

Vale que *Los renglones torcidos de Dios* es una obra maestra de la literatura —ya lo decía mi padre—, pero de ahí a ponerle a tu hijo el nombre del autor va un trecho.

—Y un poco hijo de puta.

—Eso mismo dije yo cuando me enteré.

Claudia y yo nos miramos en un silencio que dura los escasos segundos que tardamos en estallar en carcajadas. Por Dios, qué falta me hacía reírme.

Capítulo 22

Una mierda bonita

Bianca

El viernes pospongo la alarma, al menos, tres veces antes de obligarme a poner los pies fuera de la cama. Lo que no implica que abandone del todo mi posición, porque me quedo un buen rato sentada, sobre el mullido colchón, con los ojos cerrados y un molesto zumbido en la cabeza. Estoy agotada. Mentalmente agotada. Los últimos días han sido de locos. Martín, Belinda, Hugo, la boda.

Demasiados cambios.

Demasiadas dudas.

Demasiados sobresaltos.

Demasiado todo.

Arrastro mi cuerpo hasta la cocina y me preparo un café bien cargado. Me dejo caer sobre una de las sillas y reviso las noticias en el móvil mientras espero a que el brebaje obre su magia y despeje mis sentidos. Todavía no lo ha hecho cuando recibo el primer mensaje.

> **HUGO**
> Buenos días. No olvides que esta tarde tenemos clase de baile.

Cómo olvidarlo.

Malditas clases de baile.

> **BIANCA**
> Me muero de ganas.

153

Confío en que Hugo capte la ironía en mis palabras.

HUGO
Entonces, ya somos dos.

Y espero por todos los satélites de Urano que eso también haya sido irónico, porque, de lo contrario, no tengo ni idea de cómo lidiar con la situación, sobre todo después del lío en el que me metió Belinda cuando sacó, por enésima vez en su vida, los pies del tiesto al soltar aquello de: «Hombre, Cascanueces, si le arrimas cebolleta mientras bailáis, comprenderás que se ponga tensa».

Lo negué todo, por supuesto.

Y la taché de loca con tanta efusividad que la demente parecía yo.

El problema es que no estoy segura de haber sonado convincente a ojos de Hugo, y ese es el principal motivo por el que llevo toda la semana esquivándolo. La simple idea de que pueda sacar el tema cuando estemos a solas me da pavor. Más que una película de miedo. Vamos, que preferiría tener que huir del tío de la motosierra, descalza y malherida en plena noche, por un bosque oscuro y tenebroso, que enfrentarme a esa conversación.

HUGO
Paso por el café para recogerte.

BIANCA
No hace falta que te molestes.
Podemos vernos allí.

Pues no sería por falta de ganas.

¿Quién me mandaría a mí meterme en este jardín?

Tuve claro desde el principio que era una locura, y, aun así, en lugar de enmendar el error y retroceder, he metido los pies de lleno en el barro hasta tal punto que no sé cómo sacarlos sin salpicarme hasta las orejas.

Después de picar algo de pie en mitad de la cocina, más por llenar el estómago que por hambre, emprendo el camino hacia el Oberón. Adoro mi trabajo, aunque hay días en los que lo único que me apetece es quedarme en el sofá, en pijama, con la manta hasta las cejas, una infusión calentita, y olvidarme de que el mundo, fuera de mi pequeña burbuja, sigue girando sin preguntarse si podemos soportar una vuelta más sin marearnos.

Y, si soy sincera conmigo misma, a mí me empieza a costar mantener el equilibrio sobre el alambre de este circo en el que me he metido, y no tengo la menor idea de si hay una red de seguridad bajo mis pies.

Eros Ramazzotti me recibe al llegar al café. Y quizá debería empezar a preocuparme por si la obsesión de Belinda resulta ser contagiosa, porque no puedo evitar tararear por lo bajo la cancioncita de marras. Solo que yo, a diferencia de mi hermana, lo hago en castellano.

Belinda recoge una mesa a un par de metros de distancia de donde me he quedado plantada como un geranio y, aun así, puedo escucharla cantar. Alto y claro.

Cantare d'amore non basta mai
Ne servirà di più
Per dirtelo ancora per dirti che
Più bella cosa non c'è
Più bella cosa di te
Unica come sei
Immensa quando vuoi
Grazie di esistere

Pero si hay algo que me sorprende todavía más que escuchar a mi hermana cantar en italiano es que lo haga Martín, que acaba de pasar por mi lado y creo que ni siquiera me ha visto porque estaba perdido en su propio mundo. Lo sigo con la mirada hasta que desaparece tras la puerta del vestuario; es entonces cuando cambio de objetivo y me acerco a Belinda, que tampoco ha perdido de vista la trayectoria de nuestro compañero.

—¿Lo has oído? —pregunto.

—¿El qué?

—A Martín —aclaro entre susurros, por si el susodicho sale del vestuario y nos pilla in fraganti—. Estaba cantando. En italiano.

—Es un caso claro de síndrome de Estocolmo —interviene Claudia, que no sé de dónde ha salido, pero es evidente que ha escuchado nuestra conversación—. Yo estoy a punto de empezar a medicarme —me dice muy seria—. Y solo llevo dos semanas con ella.

—¡Serás zorrón! —la increpa mi hermana—. ¡Si estás encantada! Soy la sal de tu vida, el perejil de tu salsa, la guinda de tu pastel.

—Bianca, va a volverme loca. Es una malísima influencia.

—Menos lobos, Caperucita —rebate Belinda—. Y hablando de lobos… ¡Hombre, Carlos! ¿Qué tal? ¿Lo de siempre? El énfasis con el que saluda al abogado *buenorro* solo puede

156

tener una explicación. Ladeo la cabeza para comprobar que Martín observa la animada charla que mi hermana mantiene con el abogado desde la barra con cara de pocos amigos y los dientes apretados hasta que finaliza su escrutinio con un resoplido más propio de un toro de lidia que de una persona.

Yo de verdad que no sé a qué espera este chico para asumir que lo que siente por mi hermana, le guste o no, es más fuerte que él mismo. Si le fuera indiferente, no estaría como está.

Y seamos francos, tampoco me parece justo para Ruth, quien estoy segura de que no sabe de la misa la mitad. Y ser la tercera en discordia es una mierda. Os lo digo yo, que sé de lo que hablo.

—¡Me marcho ya! —se despide Claudia—. Bel, ¿nos vemos luego?

—¡Claro! —le responde la aludida.

—¿Os veis luego? —pregunto sorprendida—. Pero ¿tú no decías que estabas hasta la peineta de ella?

—También dije que es una malísima influencia. Y me ha propuesto un plan imposible de rechazar.

—¿Y puedo saber qué plan es ese?

—Todo a su debido tiempo, *mia cara* —intervine mi hermana—. Por cierto, te he dejado en el horno las magdalenas para las del club de los viernes. ¡Que no se te quemen! *Arrivederci!*

La madre que las parió. ¡¿De verdad se han largado sin contarme qué se traen entre manos?!

Rodeo la barra y me acerco a Martín, que trastea en el ordenador en busca de banda sonora para nuestra tarde. No me sorprende que borre de un plumazo la *playlist* de cantantes italianos.

—¿Tú sabes de qué iba eso? —le pregunto.

—Ni idea, pero seguro que nada bueno.

—¿Tú crees?

—¿Con tu hermana involucrada? —Me mira de reojo—. No lo creo, estoy seguro.

—También es verdad. —Y ahora que hablamos de mi hermana…—. Oye, Martín…

—Si es sobre Bel, paso.

Frota el vaso que tiene en la mano con más empeño del necesario, salvo que su intención sea desgastar el vidrio.

No quiere hablar del tema, pero eso no significa que no necesite hacerlo.

—Finges pasar, pero no pasas. —Detiene sus movimientos y me observa con el ceño fruncido—. ¿Vas a negarme que te molesta que tontee con el abogado? Porque tu cara no decía lo mismo.

Veo la duda en sus ojos.

Ahora mismo se debate entre ignorar mi pregunta con elegancia o responderla con rudeza. La balanza se decanta por la segunda opción.

—Lo que de verdad me molesta es no saber qué cojones quiere de mí, Bianca. —Lanza el trapo sobre la barra y erupciona como un volcán—. Y lo que aún me molesta más es que me paso todo el puto día intentando desentrañar el misterio.

Comprendo su frustración.

No tiene que ser fácil lidiar con esa maraña de sentimientos contradictorios.

—¿Y has llegado a alguna conclusión?

—Sí, que soy un gilipollas que está a punto de mandar a la mierda algo bueno por culpa de los delirios de una loca.

Espera, espera. ¿Eso significa que…?

—¿Vas a romper con Ruth?

—No lo sé —resopla—. A veces, tengo la sensación de que rompí con ella en el mismo momento en que Belinda me dijo lo que sentía.

—Eso es muy bonito.

—Es una mierda, Bianca. Una puta mierda.

—Pero es una mierda bonita.

«Una mierda bonita».

La madre que te parió, Bianca. Menuda frase… de mierda. Nunca mejor dicho.

—¿Y a ti qué te pasa con tu cuñado? —contraataca.

¡Será cretino!

No estábamos hablando de mí.

—¿A mí? Nada. Voy a echarle un ojo a las magdalenas.

Me escabullo hacia la cocina, pero Martín me sigue.

¿En qué momento hemos convertido esto en un consultorio sentimental?

—¿Intentas escurrir el bulto?

Por supuesto que sí. Aunque me sienta un poco culpable por hacerlo. Martín ha sido honesto conmigo y sé que merece que yo haga lo mismo. Y no es que no quiera contárselo, somos buenos amigos, sé que puedo confiar en él. El problema es que hasta el momento no he sido sincera ni conmigo misma.

—Vamos, Bianca, ¿qué pasa? —insiste, apoyado en la puerta de la cocina con gesto serio—. Y no me salgas con el «es complicado», porque eso se da por hecho si tenemos en cuenta que es el hermano de tu exmarido.

—Creo que me gusta —murmuro con cara de angustia—. Un poquito.

—¿Crees?

—Es complicado.

Martín me mira con una ceja arqueada y caigo en la cuenta de que acabo de decir la única frase que me ha pedido expresamente que no diga.

—Es muy sencillo, Bianca, o te gusta o no te gusta —asegura—. Y te recomiendo que, cuando lo tengas claro, hagas algo antes de que sea demasiado tarde.

Y yo me pregunto… ¿seguimos hablando de Hugo y de mí?

Capítulo 23

El camarote de los hermanos Marx

Bianca

Fiel a su palabra, Hugo pasa a recogerme por el café. Lo que me cuesta una mirada condescendiente por parte de Martín, acompañada de una sonrisilla más condescendiente todavía cuando nos despedimos en la puerta del Oberón.

Será capullo el tío.

—Vamos a llegar tarde.

Hugo me mete prisa, pero yo no acelero el paso, porque intento retrasar el momento a toda costa.

—Estoy cansada —miento.

Porque la mísera verdad es que no quiero ir, pero no sé cómo negarme sin reconocer que Belinda no mentía cuando dijo lo de la cebolleta. Y confesar sería un poco… demasiado… muy violento. Sobre todo porque yo no estoy nada convencida de que la atracción sea recíproca, por mucho que mi hermana se empeñe en decir lo contrario. Belinda tiene mucha imaginación. Y os puedo asegurar que la mayoría de las veces no la usa para nada bueno.

Como ahora mismo.

La mandíbula se me desencaja en cuanto cruzamos el umbral del infierno, o sea, en cuanto entramos en la sala de baile.

Voy a matarla.

Para ser más exactos: voy a matarlas a las dos.

Lentamente y con mis propias manos. Juro por todos los satélites de Urano que morirán entre terribles sufrimientos.

—¡Hola, chicos!

Las muy sinvergüenzas cotorrean como si nada con Reynaldo, que parece encantado de la vida con sus dos nuevas alumnas.

Insisto: aquí hoy muere gente.

Belinda y Claudia, para más datos.

—Enseguida vuelvo.

Me olvido por completo de Hugo, me acerco al pequeño corrillo que tienen montado y agarro a cada una de un brazo. Reynaldo me mira de la misma manera en la que lo haría un niño al que acaban de robarle el bocadillo. No lo culpo, él solo se alegra la vista, ajeno a mi drama.

—¿Nos disculpáis un momento? —Tiro de ellas y las arrastro conmigo para separarlas del grupo—. ¡¿Qué estáis haciendo aquí?! —pregunto, tras asegurarme de que nadie más puede oírnos.

—¿Recuerdas el día en que te apuntaste al club de lectura solo por fastidiar y cotillear bien a gusto? —responde mi hermana. Ya veo por dónde van los tiros—. Pues donde las dan las toman, caramelito.

¡Será rencorosa la tía!

—La madre que te trajo… —Cambio de objetivo y miro a Claudia, que aprieta los labios para contener la risa—. ¿Y cuál es tu excusa?

—No tengo ninguna —reconoce. Al menos, es sincera—. Yo solo he venido a ver el espectáculo.

Ladea la cabeza en dirección a… ¿Hugo? Sí. No hay duda. Ni de eso ni de que Belinda es una malísima influencia para la dulce Claudia y yo no lo he visto venir.

—¿En serio?

—A nadie le amarga un dulce, ¿no? —se justifica.

—Esto es increíble —resoplo—. ¡Increíble!

—Espera, espera, que todavía queda lo mejor —susurra mi hermana, que levanta el brazo para saludar a alguien.

Sigo la dirección de su mirada y me topo con la madre que nos parió a las dos.

Literalmente.

—¡Niñas!

Doña Helena cruza el salón en nuestra dirección con una sonrisa de oreja a oreja y yo pongo los ojos en blanco. No puede ser. Esto parece el camarote de los hermanos Marx.

Hugo levanta las cejas, interrogante. Yo, como respuesta, solo puedo encogerme de hombros con resignación.

—Mama, ¿tú también?

No puedo creer que se haya prestado a esto.

—Vamos, Bianca, será divertido —argumenta mi progenitora.

—¿Divertido para quién?

—No seas aguafiestas, hija.

No, si encima la culpa será mía.

Señor, dame paciencia. Y dámela pronto porque es urgente.

—¡Chicos, empezamos! —grita Reynaldo.

Mi madre aplaude encantada y encabeza nuestra pequeña comitiva hacia la zona en la que se encuentra el resto del grupo, incluido Hugo, que las saluda tan tranquilo. Como si el hecho de que estén aquí fuera lo más normal del mundo.

—Relájate y disfruta, hermanita. —Belinda me guiña un ojo. La muy sinvergüenza—. Sobre todo, disfruta.

Ojalá pudiera. Pero relajarme y disfrutar es incompatible con el nudo que aprieta mi estómago cuando Hugo está cerca. Muy muy cerca. Su mano en mi espalda, firme y cálida, me abrasa la piel. Sus dedos rodeando los míos producen un hormigueo que se extiende por mi cuerpo como una plaga. Su perfume en mis fosas nasales, una mezcla de madera de cedro, notas de lavanda y nuez moscada inspirada en las puestas de sol, colapsa mis sentidos.

Concentro la mirada del botón de su camisa y no puedo

evitar recordar lo que esconde bajo la tela. Lo que resulta ser una malísima idea. No. No puedo relajarme y disfrutar.

Si estoy al borde de un paro cardíaco, ¡por el amor de Dios! ¿No hace demasiado calor aquí?

Por suerte, la cosa mejora cuando llega el momento de cambiar de pareja.

Gracias a la poca coordinación de mi hermana y Claudia como pareja de baile, y a la oxidación de mi madre en lo que a moverse se refiere —y si no que se lo pregunten a Reynaldo—, me paso un buen rato desternillada y sin prestar atención a mi propia ineptitud para la danza mientras mi compañero —un señor bajito y calvo, de edad indeterminada, cuyo nombre no recuerdo— me mira un poco molesto por mi falta de seriedad.

—Dime que esto cuenta como cardio, porque estoy agotada —se queja mi hermana en cuanto nos toca juntas.

—Como cardio no sé, pero como karma seguro.

En el siguiente cambio de pareja, acabo agarrada a mi madre, que se lo está pasando tan bien que soy incapaz de reprocharle que se haya unido a los planes locos de mi hermana. Hacía mucho tiempo que no la veía sonreír de esta manera.

—¡Esto es divertidísimo, hija! —dice emocionada, sin perder el ritmo—. Creo que voy a venir más a menudo.

Madre del amor hermoso.

Varios cambios de pareja después, porque hoy esta clase parece el metro en hora punta, vuelvo a acabar enganchada a Hugo. Y mi cuerpo, que es muy, pero que muy sabio, se tensa como una cuerda bajo sus manos.

—¿Sabes una cosa? Te he estado observando mientras bailabas y he llegado a la conclusión de que Belinda tenía razón —expone, y mi nerviosismo aumenta de forma exponencial.

Me revuelvo entre sus brazos, inquieta.

—¿En qué?

Noto el movimiento de las manos, que descansan sobre mi espalda. Se deslizan con la misma lentitud con la que mi cuerpo se aproxima al suyo. Me asusta y me sorprende en igual medida la naturalidad con la que parecen encajar.

—Solo te tensas bailando conmigo —me susurra al oído.

Yo me pongo tan nerviosa que pierdo el paso, le piso un pie y suelto, al menos, tres palabrotas seguida entre dientes.

—¡Eh, Cascanueces! —interviene mi hermana, que vuelve a bailar con Claudia a un par de pasos de nosotros—. ¡Que corra el aire!

¿A qué ha venido eso? ¿Pretende dejarme todavía más en ridículo?

Hugo aumenta la distancia entre nuestros cuerpos entre risas.

Yo me quiero morir de la vergüenza.

—Capullo —le suelto, un poco molesta al darme cuenta de que con este acercamiento lo único que pretendía era demostrar que tenía razón.

—Intentaré mantener la distancia.

—Espero que hagas algo más que intentarlo.

—¿Desde cuándo te pongo nerviosa? —pregunta como si nada el muy canalla.

—No sabría decirte —respondo en un intento de sonar igual de despreocupada que él.

—No fastidies, Bianca, que soy yo.

—Ese es el problema, Hugo, que eres tú, y esto es raro de narices.

Casi tanto como que estemos manteniendo esta conversación en mitad de una clase abarrotada de gente, sin dejar de movernos al ritmo de Manuel Turizo.

—¿Qué es raro?

—Da igual.

¿Es que no puede dejar el tema?

—No, no da igual.

Nos mantenemos la mirada durante lo que a mí me parece una eternidad. Una incómoda eternidad. Debería apartar la vista. Es la opción más sensata. Pero, por alguna extraña razón, no puedo. Él es el primero en hacerlo, pero sus ojos no se marchan muy lejos, se detienen en mis labios. Los aprieto con fuerza por pura inercia, por miedo, por necesidad. Por una extraña y confusa mezcla de sensaciones que prefiero no analizar.

—Hugo…

«¿Hugo qué, Bianca? Porque has empezado la frase sin tener la menor idea de cómo vas a terminarla».

Vuelve a recortar la distancia que nos separa sin dejar de mirarme y a mí me flojean las piernas. El alma. La vida entera.

Creo que podría desmayarme en este preciso instante.

—¿Qué es tan raro? —insiste y siento que me he perdido en alguna parte.

«Que me sienta atraída por ti», pienso. Pero de mi boca no sale ni una sola palabra.

El tiempo, el sonido y el espacio desaparecen.

Ya ni siquiera bailamos.

—¡Por el amor de Dios! ¡¿Vais a besaros o no?! —escucho a mi espalda—. ¡Que nos tenéis a todos en ascuas!

Ladeo la cabeza con toda la intención de soltarle una fresca a la graciosilla de mi hermana, pero me quedo a medio camino de hacerlo, con la boca abierta de par en par, horrorizada al ver el corrillo de gente que se ha formado a nuestro alrededor.

—¿Qué te ha hecho pensar que íbamos a besarnos? —pregunta Hugo, con mucho más cuajo que yo, que sigo petrificada.

—¿En serio vas a decirme que no pensabas hacerlo?

—Yo he preguntado primero.

—Vuestro lenguaje corporal. Y no te atrevas a negarlo, porque lo hemos visto todos. ¡Saltaban chispas! —argumenta mi hermana. Por supuesto, sin filtro alguno—. Te toca.

—No hubiera sido apropiado —responde él.

—Esa no era la pregunta, Cascanueces —rebate ella.

Eso digo yo… Esa no era la pregunta.

Pero Hugo se limita a sonreír sin añadir nada más. ¿Por qué no responde a la pregunta?

Maldita sea. Necesito saber la respuesta.

Capítulo 24

Siete Mares sin calma

Bianca

—¿Os apetece que vayamos a tomar algo? —propone mi querida madre, que sigue con el subidón de la clase de baile en el cuerpo.

Esta señora es incombustible.

—Yo he quedado con Tor —se disculpa Claudia—. La próxima vez, ¿vale?

Yo la miro estupefacta. ¿Cómo que la próxima vez? ¿Acaso piensan volver? ¿Todas? ¿Por qué razón?

—¿Nos cambias por un tío? —le reprocha mi hermana, con indignación fingida.

—No es un tío cualquiera.

—Ah, claro, perdona, se me olvidaba que tu superhéroe de Marvel no es un tío cualquiera, ¡es un TOR-nado!

—¡Bel! —protesta Claudia—. Me prometiste que no bromearías con su nombre.

—Con su nombre completo, caramelito —se justifica—. No concretamos nada sobre el diminutivo.

—Un momento… —intervengo en cuanto ato cabos—. ¿Te ha contado lo de su nombre?

—En qué mala hora —responde Claudia.

Supongo que eso es un «sí».

—¿Qué le pasa a su nombre? —pregunta Hugo, interesado por la conversación.

—Que el novio de la niña se llama Torcuato —responde Bel—. ¿Te lo puedes creer?

169

—Yo tuve un amigo que se llamaba Torcuato —comenta mi madre—. Era una bellísima persona.

—Genial, madre, seguro que es una historia interesantísima, pero mejor nos la cuentas por el camino, ¿vale?, que a este paso nos van a dar las uvas —la corta Bel—. Además, conozco un sitio que os va a encantar.

Nos despedimos de Claudia y echamos a andar calle abajo. Mi hermana y mi madre encabezan el grupo, agarradas del brazo, chismorreando. Sí que debe de ser interesante la historia de Torcuato Dos, alias «bellísima persona», porque mi hermana parece fascinada. Hugo y yo caminamos detrás, a cierta distancia el uno del otro, y sin mediar palabra.

Estoy demasiado confusa.

Además, ¿qué se supone que debería decir? «Perdona, Hugo, pero creo que sí que quería ese beso».

¿Y si él no quería besarme?

No, lo mejor será que me quede callada.

—Es aquí —anuncia mi hermana.

Examino la puerta del local. Siete Mares.

—Genial, ¿entramos? —propongo al ver que ninguna de las dos se decide.

—Entrad vosotros —dice mi madre, que se ha hecho a un lado para facilitarnos la entrada en el local—. Creo que me ha entrado todo el cansancio de golpe y mejor me voy a casa.

—Yo te acompaño —le responde Belinda—. Mañana tengo que madrugar.

¡Tendrá morro la tía!

Como si madrugar le supusiera un impedimento para trasnochar cuando le apetece, conviene o interesa.

—¿Os vais? ¿Las dos? —Mi voz es un chillido histérico—. Entonces, será mejor que lo dejemos para otro día.

No pienso quedarme a solas con Hugo después de lo que acaba de pasar.

—No, no, ni hablar —rebate mi madre con la mano en el

aire—. Vosotros quedaos aquí tranquilos, que a nosotras no nos importa, ¿verdad, hija?

—Verdad, madre.

Mi hermana carraspea y mi madre sonríe. Yo las miro con los ojos entrecerrados.

¿Qué demonios está pasando aquí? ¿Estas dos han planeado una encerrona? ¿Con todo el morro?

—Disfrutad de la noche —apuntilla mi progenitora mientras abandonan la escena del crimen que acaban de perpetrar contra mi persona.

¿Cómo he podido no darme cuenta de sus intenciones? Si es que una ya no se puede fiar ni de su madre…

—¿Entramos? —pregunta Hugo tan tranquilo.

Cada día estoy más convencida de que tiene horchata en las venas, porque no es normal que nada lo perturbe.

Un par de minutos después, el camarero deposita nuestras bebidas sobre la mesa del jardín trasero en el que nos hemos acomodado. El sitio es una monada y estoy segura de que, en otras circunstancias, disfrutaría muchísimo de la copa de vino que tengo en la mano mientras observo el techo de madera, salpicado de pequeñas bombillas blancas, con la inconfundible voz de Iván Ferreiro de fondo. Pero las circunstancias son las que son, y yo soy incapaz de obviar que Hugo está sentado a mi lado. Estoy bastante segura de que, si agudiza el oído, podría incluso contar mis latidos.

No quiero mirarlo, así que centro mi atención en la gente que ocupa el resto de mesas, intento evadirme de todo, y casi, casi lo consigo. Hasta que Los Piratas le dan el relevo a La Bien Querida y mis planes de evasión se van al garete.

Voy a seguir tu senda peligrosa.
Voy a encender la mecha.
Voy a volverme loca, vestirme de fiesta.
Y perder la cuenta.

171

Y todo se convierte en *Dinamita*.

Y es que siento
como si toda mi vida
me hubiera estado conduciendo
a este preciso momento.

—¿Habías estado aquí antes?

La pregunta de Hugo me devuelve a la falsa calma con la que compartimos mesa. Y me obliga a mirarle.

—Nunca. ¿Y tú?

—Un par de veces.

El mutismo vuelve a ocupar una silla junto a nosotros.

Él le da vueltas al botellín de cerveza.

Yo a la maraña de dudas que no quiero verbalizar.

No sé cuánto tiempo más podré aguantar esta situación, pero no será mucho. Lo único que sé con seguridad es que el alambre de mi circo se tambalea cada vez más.

El sonido de mi teléfono, que llega amortiguado desde el fondo del bolso, rompe el silencio que nos envuelve.

BEL
¿Ya os habéis besado?

«La madre que la parió». La idea de matarla con mis propias manos, entre terribles sufrimientos, vuelve a mi cabeza con fuerza. Resoplo exasperada y bloqueo el terminal para devolverlo a su sitio sin molestarme en responder el mensaje.

—¿Va todo bien? —pregunta Hugo, alertado por mi reacción.

—Sí —respondo escueta. Tanto que, incluso a mí, el monosílabo me parece insuficiente—. Tonterías de mi hermana, ya sabes.

—¿Te ha preguntado si ya nos hemos besado?

—¿Cómo sabes…?

Me interrumpo en mitad de la frase. Por un lado, no quiero ni plantear la pregunta. Por otro, no creo que fuera capaz de hacerlo sin tartamudear.

—Me ha preguntado lo mismo.

Me muestra la pantalla de su teléfono móvil y compruebo que, en su caso, además de la pregunta, hay una cantidad indecente de emoticonos.

Insisto: la muerte de mi hermana es inminente.

—¿Qué le has respondido?

No me ha dado tiempo a leer la respuesta.

—Que dos no se besan si uno no quiere.

¿Eso significa que no quiere hacerlo? Mi conclusión me alivia y me entristece a partes iguales. ¿Cómo es posible? Es una contradicción en toda regla. Lo sé, pero es lo que siento. ¿Eso significa que yo sí quiero hacerlo? Mi cabeza se convierte en una batidora.

—Eso es verdad —concluyo.

Respuesta neutra y fingida indiferencia. ¿Qué otra cosa puedo hacer? Solo espero que no haya notado la decepción en mi voz.

—Solo para que quede claro. —Hugo se inclina en su asiento para recortar la distancia que nos separa y yo me convierto en un manojo de nervios—. Yo no he dicho que no quiera hacerlo.

Capítulo 25

Lo que pudo haber sido

Hugo

Sé que acabo de descubrir mis cartas y que no tengo ninguna garantía de que pueda ganar esta mano, pero ya no hay vuelta atrás.

—¿Por qué ibas a querer besarme? —pregunta con incredulidad.

Por fin me mira.

—¿De verdad tienes que preguntarlo?

¿Tan poco claras han sido mis intenciones?

Siempre he creído que Bianca podía leer mi alma con solo mirarme.

Al parecer, me equivocaba.

—Hugo… —susurra sin apartar la mirada.

—Lo sé —la interrumpo, antes de que diga algo que los dos sabemos y que, en el fondo, no quiero escuchar. Aunque yo mismo termino verbalizándolo—. No sería apropiado.

Pero saberlo no cambia el hecho de que lleve mucho tiempo reprimiendo las ganas de hacerlo. Sé que lo que voy a decir me deja en muy mal lugar, pero la primera vez que la idea cruzó mi mente fue el día en que la conocí. En mi defensa diré que en aquel momento ni siquiera sabía que era la novia de mi hermano. Solo era una desconocida a la que veía, día tras día, en el autobús. Siempre llevaba un libro en la mano y la mirada perdida en el paisaje urbano que se desvanecía al otro lado de la ventanilla.

Por aquel entonces, yo estaba preparando las oposiciones y ella trabajaba en la clínica dental que estaba al lado de mi academia. Nunca habíamos hablado, pero eso cambió una mañana en la que coincidimos en una cafetería cercana.

Ocupó el taburete que había a mi lado en la barra y me miró con el ceño fruncido. Recuerdo que dijo algo como: «Perdona, pero me suena muchísimo tu cara», y empezamos a hablar. Era preciosa, alegre, divertida. ¿Cómo no iba a fijarme en ella?

Un par de semanas y muchos cafés compartidos después, vi que un coche la recogía en la parada del autobús. Era mi hermano. Víctor siempre había sido muy celoso de su intimidad. Era un secreto a voces que estaba con alguien, pero no soltaba prenda de quién era la chica y tardó meses en presentársela a nuestros padres de manera formal. El día que lo hizo, Bianca y yo nos saludamos con familiaridad y después guardé bajo llave un puñado de quizás que ya nunca serían.

No había pasado nada entre nosotros. Ella ni siquiera había mostrado interés en mí. Además, era la novia de mi hermano. Eran felices. Tenían planes. Un futuro prometedor. Creo que no es necesario añadir nada más.

Como diría Sabina, la vida siguió, como siguen las cosas que no tienen mucho sentido. Hasta que Víctor la cagó.

Recuerdo el día de su boda con una nitidez extraordinaria.

El momento exacto en el que advertí que había una mujer, a la que no conocía, sentada junto a mi madre, y le pregunté a mi primo Nacho quién era. «Se supone que es tu prima», me dijo él, con la confusión en la cara. La misma expresión que se reflejó en la mía. Le pedí explicaciones a mi progenitora, pero me salió con evasivas. Luego todo saltó por los aires. Y la ira se apoderó de mí.

—No, no sería apropiado.

La voz de Bianca me devuelve al presente.

A las luces blancas, a las bebidas que reposan sobre la mesa, a su cercanía —porque no me he movido ni un ápice— y a la maldita melodía de Sidecars que suena de fondo y anida en mi cabeza sin que pueda hacer nada por evitarlo.

No crees que existe alguna posibilidad
de llegar a ser tan solo una milésima parte
de lo que pudo haber sido.

No tiene sentido fustigarse por lo que pudo ser y no fue. En ocasiones, la mayor victoria es darse por vencido. Replegar las tropas. Huir. Me inclino con suavidad para recuperar mi posición en la silla y poner distancia. He perdido la batalla.

Apenas lo he hecho cuando agarra la tela de mi camiseta para impedir que retroceda.

—Solo para que quede claro. —Utiliza mis palabras, pero con una mezcla extraña entre seguridad y miedo—. Que no sea apropiado no significa que no quiera.

—¿Es una proposición? —pregunto esperanzado.

—Es un problema, Cascanueces. —Y sé, por su expresión, que de verdad lo cree—. Si tú y yo… —Deja la frase en el aire. Como si temiera que dar voz a sus pensamientos pudiera desencadenarlos—. ¿Eres consciente de las implicaciones que tendría?

—Por supuesto —aseguro.

Lo he pensado cada día durante los últimos años.

Seguimos estando muy cerca el uno del otro. Y a mí me cuesta cada vez más respetar esa pequeña y maldita distancia que ella ha establecido entre nosotros.

No sé de dónde cojones estoy sacando las fuerzas para reprimir el impulso de besarla. Pero no creo que aguante mucho más.

Si este es mi último cartucho, ni puedo ni quiero desperdiciarlo.

—Bianca, me muero de ganas de besarte —susurro con mis ojos clavados en los suyos para que no le quepa la menor duda de que hablo en serio—. Y me importa una mierda si es apropiado o no. Estoy dispuesto a correr el riesgo y asumir las consecuencias.

Capítulo 26

Experta en finales ¿felices?

Belinda

En la vida hay que tomar decisiones. Algunas son sencillas y no suponen ningún riesgo. Cosas pequeñas, ridículas o insignificantes, como escoger el desayuno, la ropa que vas a ponerte, o si desecharás la opción del ascensor para subir por las escaleras y así, de paso, tonificas los glúteos. Otras, en cambio, pueden desencadenar un efecto dominó que determinará el curso de los acontecimientos. Esas son las que de verdad acojonan, las que nos paralizan y nos quitan el sueño, las de las listas de pros y contras y los posibles escenarios en los que siempre, siempre, siempre nos ponemos en lo peor. Y nos bloqueamos.

El ser humano es cobarde por naturaleza, pero incluso quedarse quieto es una decisión.

Sé que cada persona tiene sus tiempos, sus miedos y sus dudas, y que forzarla a decidir no es la mejor idea del mundo, pero Bianca necesitaba un empujón. Lo siento, pero ser testigo de cómo la consume la incertidumbre no es para mí. Solo un ciego negaría que entre Hugo y ella hay algo por lo que merece la pena jugarse el tipo.

—¿Crees que funcionará? —pregunta mi madre en cuanto nos alejamos un par de pasos del Siete Mares.

—Entre esos dos saltan chispas, madre. Tiene que funcionar. Pronostico una electrocución inminente.

A positividad no me gana nadie.

—Espero que tengas razón, porque, de lo contrario, tu hermana va a hacer albóndigas contigo.

—Asegúrate de que te lleve un táper —bromeo y ambas reímos.

—¿Te apetece que nos tomemos algo tú y yo? —propone.

La pobre mujer se ha ceñido al plan de huida que diseñamos deprisa y corriendo de camino al local, por lo que, en consecuencia, se ha quedado con las ganas de alargar la noche.

—Venga —accedo—. ¿Ahí mismo te parece bien?

Señalo la primera terraza en la que veo un par de mesas libres

—Me parece estupendo, hija.

Media hora más tarde nos hemos puesto al día de los cotilleos de todo el barrio, con una cerveza y un Bitter Kas. Sí, lo sé. Lo del Bitter Kas es extraño —yo no puedo entender que haya gente a la que le guste esa extraña combinación de canela, sándalo, nuez moscada, naranja y que encima es amarga—, pero a una madre se le perdona todo.

—Tengo que ir al baño.

Entro en la cafetería y me acerco a la barra para preguntar dónde están los aseos.

—Al fondo a la derecha —me informa el camarero.

Cómo no. Si es que no sé ni para qué pregunto.

Avanzo en la dirección indicada y un rostro familiar llama mi atención. Una chica rubia. Guapísima. Incluso con el mar de lágrimas que recorren sus mejillas. Es Ruth. Desvío la mirada hacia la persona que se encuentra sentada frente a ella y no me cabe la menor duda de que es Martín. Por suerte, él está de espaldas y no puede verme. Pero sí lo hará cuando tenga que realizar el mismo recorrido a la inversa para volver a la mesa que comparto con mi madre.

«Mierda, Belinda», pienso apoyada en la puerta cerrada del baño.

¿Y ahora qué hago? ¿Finjo que no los he visto? ¿Los saludo y paso de largo? ¿Me paro a charlar como si nada? Por el amor de Dios, que ella estaba llorando… Joder, joder, joder. ¿Por qué está llorando? Maldita sea. Tendría que haber esperado a llegar a mi puta casa para mear.

Tengo que tomar una decisión, no puedo quedarme a vivir en el baño. Sujeto el pomo de la puerta y resoplo con fuerza antes de salir. Mi objetivo es claro: no establecer contacto visual con Martín y pasar de largo, salvo que él repare en mi presencia. Si eso sucede, saludaré con cordialidad y adiós muy buenas. Parece fácil, pero no lo es. De lo contrario, no tendría este horrible nudo en el estómago.

Abandono mi escondite y tardo apenas dos segundos en olvidar mi único propósito, porque mi subconsciente me traiciona y busco a Martín con la mirada. Sin embargo, lo único que encuentro son dos vasos vacíos sobre una mesa en la que no queda ni rastro de ellos. Se han ido. Y aunque supone un alivio, porque la situación hubiera sido de lo más incómoda, en el fondo… «En el fondo nada, Belinda».

—¡No sabes a quién acabo de ver! —exclama mi madre en cuanto llego a la mesa.

—¿A Martín? —respondo.

Mi madre frunce el ceño. Creo que el gesto viene de familia, porque es algo que hacemos las tres.

—¿Cómo lo sabes?

—Porque soy adivina, madre —ironizo—. Y porque yo también lo he visto de camino al baño, con su novia.

—¿La chica que se ha ido corriendo? —pregunta.

Y ahora soy yo la que frunce el ceño. ¿Veis como es hereditario?

—¿Cómo que se ha ido corriendo?

—La pobre lloraba como una magdalena. No sé qué habrá pasado, pero no era bueno. —Mi madre se mete una

aceituna en la boca y me mira expectante antes de añadir—:
Al menos para ella.

«Será...». Mejor me callo.

Me refugio en casa tras despedirme de mi madre en el
rellano. Echo un ojo por el apartamento y confirmo que
no hay ni rastro de Bianca, quien tampoco ha respondido
al mensaje que le envié.

Eso es buena señal, ¿no? Tiene que serlo.

Si les hubiera ido mal, ya habría salido por patas para
volver a esconderse en nuestra madriguera. Me convenzo
a mí misma de que estoy en lo cierto y me recuesto en el
sofá, con los brazos extendidos en el respaldo y los pies
sobre la mesa. Si no fuera porque odio el tabaco, ya estaría
encendiendo un habano al más puro estilo John Hannibal
Smith mientras murmuro «me encanta que los planes salgan
bien». ¿Os acordáis de aquella serie?

*En 1972, cuatro de los mejores hombres del Ejército Ame-
ricano, que formaban un comando, fueron encarcelados por
un delito que no habían cometido. No tardaron en fugarse de
la prisión en la que se encontraban recluidos. Hoy, buscados
todavía por el Gobierno, sobreviven como soldados de for-
tuna. Si tiene usted algún problema y si los encuentra, quizá
pueda contratarlos.*

Y después venían los disparos. Era genial. Aquellos tipos convertían una furgoneta destartalada en un carro de
combate en apenas un cuarto de hora, con cuatro chapas,
dos tornillos y un par de horquillas para el pelo. Eso no se
lo creía nadie, pero molaba mogollón. Sobre todo porque

sabías a ciencia cierta que siempre iba a terminar bien. La vida real es otra historia. Y no. Las cosas no siempre terminan como nos gustaría. A nuestro alrededor hay millones de personas que dan muestra de ello.

Yo misma podría servir de ejemplo.

En mi infinita ignorancia creía que el día que le dijera a Martín lo que sentía los astros se alinearían en mi favor. Pero no fue así. En absoluto. Por mucho que me moleste admitirlo, tengo lo que merezco.

Me he pasado los últimos meses acomodada en una falsa amistad que enmascaraba muchas otras cosas. ¿Por qué? Porque creía que era lo que quería, que tenía suficiente, que no necesitaba más. Estábamos bien. Y, además, porque era la opción más fácil. Al menos para mí.

Ahora, con la perspectiva del rechazo sobre mi cabeza, soy consciente de que para Martín ha tenido que ser un puto calvario. No puedo culparlo por cansarse de esperar una reacción por mi parte, que nunca llegaba, y seguir con su vida. Yo, en su lugar, no hubiera tenido tanta paciencia.

He sido una imbécil.

He tardado demasiado en ver más allá. En verlo a él. Y ahora que lo he hecho no consigo quitármelo de la cabeza. Ni a él, ni el incidente de esta tarde. ¿Qué demonios habrá pasado? ¿Por qué lloraba Ruth? ¿Han roto? Y si así fuera, ¿tendría que sentirme culpable? Mierda. Odio sentirme culpable. ¿Debería enviarle un mensaje a Martín? ¿Llamarlo? «¿Y qué coño ibas a decirle, Belinda?», pienso con el teléfono en la mano y la aplicación de mensajería abierta. Pues también es verdad. Además, ni siquiera sé si me ha visto.

El teléfono vibra en mi mano.

Es él.

Leo el mensaje en la pantalla de bloqueo y tengo que tragar con fuerza para empujar el nudo que se instala en mi garganta. ¿Qué respondes a algo así? La bola de nervios llega a mi estómago convertida en ira. Y un clarísimo «vete a la mierda» cobra vida en mi cabeza.

Ordeno a mis dedos que desbloqueen el terminal para responder, pero, cuando estoy a punto de hacerlo, el mensaje desaparece.

> **MARTÍN**
> Te odio con toda mi alma.

Ojalá el recuerdo de haberlo visto desapareciera con él.

Capítulo 27

Un salto sin red

Bianca

En momentos como este me encantaría ser igual de sinvergüenza que mi hermana. Sinvergüenza en el mejor sentido de la palabra, que lo tiene, no me miréis como si la hubiera insultado. Si no me creéis, buscad sinónimos y comprobaréis por vosotros mismos que definen a mi hermana a la perfección: desvergonzada, descarada, pícara, tunante, granuja... ¿Sigo?

Definiciones aparte, adonde yo quería llegar con mi diatriba es a que mi hermana disfruta muchísimo más de la vida que yo. No le da vueltas a las cosas en bucles infinitos, en noches de insomnio. No se queda con las ganas. No la frena el miedo. Tampoco el qué dirán. Y no os mentiré, en eso la envidio.

Por poner un ejemplo. Si mañana, camino al trabajo, me cruzara con Brad Pitt, sufriría un ataque de pánico, en plan fan loca. Me olvidaría de respirar y, por supuesto, no conseguiría articular una sola palabra coherente. Hilando un poco más fino, dudo de que de mi boca saliera algo más que un par de vergonzosas onomatopeyas. Sin embargo, estoy segura de que mi hermana, en la misma situación, lo saludaría a gritos en mitad de la calle como si se conocieran de toda la vida, se acercaría para pedirle dos besos, cuatro *selfies* e, incluso, lo invitaría a un café. Con todo su papo. Y ni siquiera le temblaría la voz.

Si Belinda estuviera en mi lugar, sabría qué hacer. Es probable, incluso, que fuera ella quien tomase la iniciativa para fulminar la pequeña distancia que nos separa y convertir el «quiero» en un «puedo». Pero yo no soy como ella. Y, en conclusión, no sé qué demonios hacer con mi vida.

«Estoy dispuesto a correr el riesgo y asumir las consecuencias».

Yo no estoy segura de ser tan valiente.

La ruptura con Víctor me dejó muy tocada. No lo vi venir. No me lo esperaba. Y, desde luego, no merecía aquella humillación. No he vuelto a salir con nadie desde entonces, ni siquiera he tenido un rollo de una noche. Tardé mucho tiempo en salir de aquel agujero y, cuando lo hice, no estaba preparada para enfrentarme a otra relación, y mucho menos a la incertidumbre del desengaño.

Y ahora… ahora soy una de esas viñetas de corazón versus cerebro. Más concretamente, esa en la que un corazón lleno de tiritas avanza decidido con un ramo de flores en la mano mientras el cerebro le pregunta si está seguro de intentarlo otra vez, a lo que el otro responde: «Tú calla y compra tiritas».

—Hugo…

Debería separarme, pero soy incapaz de hacerlo. Y tampoco quiero.

—Puedo esperar —responde.

—¿Y si el momento que esperas no llega?

—Bianca, ¿tú sientes algo por mí?

—Es complicado.

Es mi frase estrella. Pero yo tengo demasiado miedo a salir malherida de esta conversación como para decirle la verdad.

—¿Sí o no? —insiste.

—No.

Intento sonar convincente, pero no puedo evitar desviar la mirada.

—Mientes —asegura con una sonrisa perversa en los labios—. ¿Sabes por qué lo sé? Porque todos y cada uno de los poros de tu piel dicen lo contrario.

—¿Mis poros te hablan?

—Alto y claro, pero no cambies de tema —susurra sobre mis labios—. ¿Sí o no?

—Es posible —respondo, sobrepasada por lo que provoca la cercanía de su cuerpo.

—Entonces, puedo esperar.

Se aparta con suavidad para ganar distancia. La tela de su camiseta se desliza entre mis dedos y a mí me invade el frío. Un frío glacial que amenaza con congelarme la sangre en las venas.

—No.

—¿No?

Frunce el ceño, confuso.

—No —me reafirmo.

Y no porque haya cambiado de opinión respecto a lo que siento. Es que acabo de caer en la cuenta de que soy yo la que no quiere esperar. He perdido demasiado tiempo en la vida, así que si tan solo una milésima parte de mi cuerpo me pide que lo haga no voy a ignorarla.

Compraré todas las tiritas que sean necesarias.

Recorto la distancia y poso mis labios sobre los suyos con timidez y un miedo atroz que dura los escasos segundos que Hugo tarda en rodear mi cuello para profundizar el beso. Mis dedos se deslizan por su mejilla, desde la línea de su mandíbula hasta hundirse entre su pelo. Sus labios, mullidos y suaves, saquean mi boca con avaricia y yo le devuelvo el beso con las mismas ganas mientras me dejo arrastrar por el torrente de sensaciones que asola mi cuerpo.

Nadie.

Nunca.

Jamás.

Antes.

Me había besado así.

Como si el mundo fuera a acabarse tras ese beso.

Como si el mundo pudiera condensarse en un solo beso.

Un molesto soniquete se cuela en mis oídos. No tengo la menor idea de dónde procede, pero me niego a prestarle atención. Mi prioridad es otra: saborear este beso y aprenderme de memoria cada milímetro de los labios de Hugo.

—Bianca… —Se separa a regañadientes—. Te está sonando el móvil.

—Eso no es mi móvil —aseguro con la voz entrecortada.

—El sonido sale de tu bolso.

Ladeo la cabeza en la dirección que me indica y compruebo que tiene razón y, a pesar de todo, no es posible.

—Yo no tengo ese tono de llamada.

Presto atención a la melodía y una bombilla se enciende en mi cabeza.

No puede ser. Voy a matar a Belinda.

Revuelvo el bolso hasta dar con el teléfono y corroboro que es ella quien llama con tanta insistencia. Desconozco en qué momento lo ha hecho, pero la muy cretina me ha cambiado el tono de llamada y ahora su adorado Franco Battiato canta que «quiere verme bailar» en su perfecto italiano.

—Voy a matarte —aseguro como saludo en cuanto descuelgo.

—¡Bianca! Menos mal que me lo has cogido —responde aliviada, pero con urgencia—. ¿Os he cortado el rollo? Por favor, dime que no os he cortado el rollo.

«Pues claro que lo has hecho», pienso, porque no ha podido ser más inoportuna.

—¿Qué pasa? —atajo para interrumpir su verborrea y que se centre en el verdadero motivo de su llamada.

Además, no pienso darle detalles de ningún «rollo» con Hugo a mi lado pendiente de la conversación.

—Mañana tienes que cambiarme el turno —añade—. Tengo que hablar con Martín.

—Bel, no creo que sea buena idea.

De hecho, creo que es una idea horrible.

Me preocupa que puedan matarse entre ellos si comparten el mismo espacio durante demasiado tiempo. Que del amor al odio hay un paso. En ocasiones, muy corto.

—Tú confía en mí —rebate.

—Como si fuera tan fácil...

Belinda no pasará a la historia por la sensatez de sus decisiones.

—Bianca, no te lo pediría si no fuese importante.

No sabría cómo definir su estado.

Ahora mismo mi hermana es una mezcla de nervios y mala leche. No sé qué diablos ha pasado para que esté así, pero pienso averiguarlo.

—¿Vas a decirme qué ha pasado?

—Es largo de contar —resopla cansada—. Y ahora estás «ocupada» —añade con retintín.

Belinda es una persona muy intensa, pero aquí hay algo más que intensidad.

Nunca la había visto en este estado.

Miro de reojo a Hugo.

No quiero marcharme, pero estoy preocupada por mi hermana. No me llamaría en este estado por una nimiedad. No después de haber organizado esta encerrona. Él, que no ha perdido detalle de nuestra conversación, extiende el brazo y me muestra la palma de la mano hacia arriba.

—Déjame hablar con ella.

Ni rechisto. Le entrego el teléfono y observo cómo se lo coloca en la oreja antes de hablar.

—Bel. Sí. Hola, ¿dónde estás? —Silencio—. Bien. Vamos para allá.

Silencio otra vez. Me acerco un poco más y aguzo el oído,

pero no consigo escuchar la réplica de mi hermana, aunque la sonrisa de Hugo me da muy mala espina.

Me devuelve el móvil en cuanto corta la llamada y arrastra la silla para ponerse de pie.

—Nos vamos.

Me ofrece la mano para que lo acompañe y yo la acepto sin dudar.

—¿Adónde? —balbuceo nerviosa mientras recojo mis cosas.

—¿No quieres saber qué le ha pasado a tu hermana?

«Ahora mismo preferiría quedarme aquí contigo, aunque eso me convierta en una hermana de mierda», pienso, pero me muerdo la lengua.

—Seguro que nada bueno —respondo mientras me dejo arrastrar por él hacia la puerta.

Lo hago a trompicones, porque todavía me tiemblan las piernas, mientras maldigo entre dientes lo inoportuna que ha sido mi hermana.

Capítulo 28

La bruja mala del cuento

Belinda

Ojalá no hubiera visto el maldito mensaje.

Empiezo a estar de acuerdo con todos esos estudios que afirman que nos hemos convertido en esclavos de la tecnología. Todo el día con el teléfono en la mano. Enchufados. Conectados. Actualizados. Y una mierda. Ahora mismo me encantaría ser una ameba desinformada. O tener memoria de pez. Eso también serviría. Así podría olvidar que Martín me odia con toda su alma.

Tengo un cabreo de tres pares de narices, aunque, a la vez, me siento muy culpable. ¿Alguien entiende algo?

Sé que es un buen tío. Lo que me lleva a pensar que ese mensaje ha sido fruto de un calentón del que se ha arrepentido en cuanto lo ha enviado. Pero eso no cambia que, aunque fuera durante una décima de segundo, lo sintiera.

Sea como fuere, tengo que hablar con él. No podemos seguir así. Nos hacemos daño. Y, en vista de los acontecimientos, creo que es más que evidente que también se lo hacemos a los demás. Solo espero que Bianca esté de acuerdo conmigo en que debemos arreglar las cosas cuanto antes y me cambie el turno para tener una excusa para hablar con él.

El sonido de las llaves en la cerradura anuncia su llegada. Han llegado los refuerzos.

—¿Bel?

—En el salón —respondo.

Cruza la puerta seguida de Hugo.

—¿Estás bien? —pregunta mi hermana.

—De maravilla. ¿No me ves?

Estoy repanchingada en el sofá, abrazada a un cojín y con cara de vinagre. Debo parecer la versión contemporánea de la maja —vestida— de Goya. Enderezo la postura para dejarle un hueco a mi lado.

Hugo permanece de pie, apoyado en la pared.

—¿Qué ha pasado?

—Os dejo solas para que podáis hablar —apunta Hugo, mientras se encamina a la puerta principal con intención de marcharse.

Tan considerado como siempre. Este tío es un partidazo. Os lo digo yo. Y espero que mi hermana lo tenga igual de claro y no lo deje escapar

—Tú no vas a ningún sitio —intervengo—. Me vendrá bien una visión masculina.

Les cuento lo sucedido con todo detalle. Martín y Ruth. Las lágrimas. Mi encierro en el baño. La huida. Y, por último, el mensaje borrado.

—¿Creéis que ha cortado con ella? —pregunto con sentimientos encontrados.

Ahora mismo soy el espíritu de la contradicción.

Espero que haya cortado y, al mismo tiempo, sé que me sentiré terriblemente culpable si lo ha hecho. Querer y no querer. Esa es la cuestión.

—Sí —responde Hugo sin atisbo de duda—. Y se odia a sí mismo por hacerle daño, porque está enamorado de ti. Y también se odia por eso. De ahí el mensaje.

Patidifusa.

Me ha dejado patidifusa.

Ojo con la «visión masculina».

Todas necesitamos un Cascanueces en nuestra vida para que, de forma clara y simplificada, nos haga de traductor simultáneo.

—Joder… —masculla Bianca, que se lleva las manos a la cabeza.

—¿Joder qué?

—Esta tarde hablé con Martín. —Bianca está aquí, pero su cabeza se ha ido a otra parte—. Dijo algo que quizá explique lo que ha pasado.

—¿Qué dijo? —pregunto histérica.

La intriga me está matando.

—No recuerdo las palabras exactas, pero el resumen es que cabía la posibilidad de que rompiese con Ruth porque no dejaba de pensar en ti.

—¿Y no pensabas contármelo? —protesto.

¿Por qué narices no me lo ha contado?

—¿En qué momento querías que lo hiciera? —se defiende con los ojos puestos en Hugo—. Porque te recuerdo que no he tenido ocasión de hacerlo.

—Joder. —Hundo la cabeza entre las rodillas—. Ahora me siento todavía peor.

—Bel, tú no tienes la culpa.

—Claro que sí.

—No digas tonterías.

—¿Tonterías? —Saco la cabeza de mi escondite. Indignada por el comentario de mi hermana—. No tendría que haberle dicho nada. Me he metido en medio. Soy una hija de perra, Bianca. Lo puto peor, la bruja mala del cuento.

—Todos somos el villano en la historia de alguien.

Pues menuda mierda.

—¿Sabes, al menos, qué vas a decirle? —se interesa Hugo.

—No tengo ni la menor idea —reconozco.

Si ya estaba perdida, las conclusiones de Hugo sobre los sentimientos de Martín solo han empeorado mi situación. Ahora mismo soy como un pollo sin cabeza dando tumbos sobre sí mismo.

—Genial. Veo que lo tienes todo bajo control —ironiza

Bianca—. ¿Lo celebramos? Decidme que sí, porque yo necesito una copa de vino para no pensar en la tragedia que se avecina.

—Que sean dos —intervengo desesperada—. O la botella entera.

—¿Te apetece otra cerveza? —le pregunta a Hugo.

Este asiente y le sonríe de manera extraña. Para ser más exactos, los dos se sonríen de manera extraña. Con una complicidad que antes no estaba ahí.

—Vosotros dos… os habéis enrollado —afirmo con una ceja arqueada y esperanza en la voz—. ¿Me equivoco?

—No te equivocas.

Es Hugo quien responde. Mi hermana se ha hecho la loca y se ha escabullido a la cocina con el pretexto de las bebidas como coartada. Si cree que se va a librar de contarme los detalles, lo lleva claro.

—Joder, ahora también tendré que flagelarme por haberos cortado el rollo.

—No seas dramática.

Mi hermana pone los ojos en blanco y me entrega la copa de vino.

—No hace falta que te flageles, con que la próxima vez no llames será suficiente —dice Hugo.

—Ah, pero ¿habrá próxima vez? —malmeto—. Viciosillos…—sonrío encantada.

Me encanta que los planes salgan bien.

Bianca ha accedido a cambiarme el turno y no llega la hora de presentarme en el Oberón. La noche se me ha hecho eterna. La mañana también. No tengo la menor idea de qué voy a decirle a Martín y, mucho menos, cuál será su reacción. Solo espero que podamos arreglarlo. Y ya me da igual si el resultado es juntos o separados, me conformo con que estemos bien.

Vale, es mentira. No me da igual el resultado, pero sea cual sea tendré que aceptarlo.

Por primera vez en mi vida, me presento en el trabajo con media hora de antelación. Ni siquiera nos hemos inventado una excusa para justificar el cambio de turno, qué puñetas, no me parece necesario.

—Llegas temprano —comenta mi hermana, sorprendida, tras consultar el reloj por tercera vez.

—Estoy de los nervios.

Tanto que mi corazón se salta un latido cada vez que escucho la campanilla de la puerta. Al final me dará un infarto. Eso sí que sería un *plot twist* en toda regla.

—Recuerdas que voy a venir esta tarde, ¿verdad? —dice Claudia. Lo cierto es que se me había olvidado, pero, ahora que lo dice, es verdad que me comentó que había quedado con sus amigas—. No quiero que pienses que vengo a cotillear.

Es evidente que Bianca se ha tomado la licencia de contarle lo que ha pasado. No sé si me alegro, pero eso que me ahorro.

—Yo lo haría —reconozco sin tapujos.

—Pues por eso, galletita de limón.

¿Qué me ha llamado?

—¿Galletita de limón? —pregunto con sorpresa.

—Intentaba destensar el ambiente.

—¿Por qué querrías…?

No termino la frase porque la campanilla vuelve a sonar y la respuesta aparece ante mis ojos: Martín. Tiene mala cara. Muy mala. Y aun así… ¿Siempre ha sido tan guapo o es que ese aire de tío torturado le queda especialmente bien?

Observo sus movimientos mientras desaparece tras la puerta del vestuario sin levantar la vista del suelo. Es evidente que no ha reparado en mi presencia.

—Si me necesitas, llámame —se preocupa mi hermana—. Que me planto aquí en menos que canta un gallo.

Me quedo sola ante el peligro. Que sea lo que Dios quiera. Aunque, por la cara con la que me observa Martín cuando Bianca se larga y cae en la cuenta de que tiene que trabajar conmigo, algo me dice que Dios no está de mi parte. El resoplido que ha soltado ha debido de escucharse en Alaska.

Ni siquiera me molesto en escoger la música. Craso error, porque la selección automática deriva en un sinfín de canciones de desamor que enrarecen todavía más el ambiente. Cuando he escuchado el *Love of My Life* de Queen he querido cortarme las venas.

Siguiendo la tónica de las últimas horas, la tarde es una completa agonía. Tenemos tanto trabajo que cualquier intento de mantener una conversación se convierte en una misión imposible. ¿Qué puñetas pasa hoy? ¿Se ha puesto todo el mundo de acuerdo para venir a merendar al Oberón? Que ha venido hasta mi madre, joder. Y no, no es una forma de hablar. Doña Helena se ha presentado aquí con Rosa, una amiga a la que conoció en clase de vete tú a saber qué, porque esta señora cada mes se apunta a una actividad distinta y yo ya no llevo la cuenta.

Por si eso fuera poco, también ha venido el del TOC, una señora bastante rara que se ha pasado hora y media hablando sola mientras hacía calceta, un par de mormones perdidos, un grupo de chicas que intentaban organizar una despedida de soltera y no se ponían de acuerdo ni con la fecha —y eso que solo eran cinco— y las amigas de Claudia. Vamos, que esto parecía el metro en hora punta.

Cuando llega la hora de cerrar, yo acumulo tanta tensión que podría iluminar la ciudad entera con ella. Martín y yo apenas hemos cruzado un par de monosílabos. Y estoy segura de que, en su caso, lo ha hecho porque no le quedaba más remedio.

No hay nadie más en el local.

Es ahora o nunca.

—Martín, tenemos que hablar.

Apoyo las palmas de las manos sobre la barra tras la que se encuentra y lo observo con cautela mientras seca la vajilla que ha sacado del lavaplatos.

—Hoy no tengo el día —murmura sin siquiera mirarme.

—Entonces, ya somos dos.

Resopla con violencia y clava la mirada en el techo. Es evidente que no quiere hablar, pero tenemos que hacerlo. Necesitamos hacerlo.

—Por favor —insisto.

Aunque más bien ha sonado a súplica, pero no me importa, al menos he conseguido que levante la mirada.

—Tú dirás —claudica.

Imita mi postura y se coloca frente a mí. Desafiante.

—No podemos seguir así.

—¿No me digas?

Su voz destila ironía.

No va a ponérmelo fácil, pero no es nada con lo que no contara.

—Vi tu mensaje.

—No tendrías que haberlo visto.

—Pero lo he hecho.

—Pues olvídalo —zanja y sale de la barra para dirigirse al vestuario, a la cocina, o vete tú a saber.

Sé lo que pretende, huir de mí, y de esta incómoda situación, pero no pienso permitírselo, porque esa no es la solución.

—¿Igual que tú has olvidado nuestra conversación? —espeto con sarcasmo.

Sí, es un golpe bajo, pero se lo tiene merecido. Fue él quien

197

dijo aquello de «¿y si no puedo olvidarlo?». Así que no tiene ningún derecho a pedirme algo que él es incapaz de hacer.

Se gira de golpe y vuelve sobre sus pasos.

—Bel, ¿qué cojones quieres que te diga? —pregunta con brusquedad.

Genial. Está cabreado.

A ver si así suelta de una vez lo que lleva dentro y sacamos algo en claro.

—¿Me odias?

—Sabes que no.

—No, Martín, no lo sé —rebato—. Lo único que sé con seguridad es que no quieres ni verme, llevas semanas sin hablarme y estás a la defensiva. Que me odies es la explicación más sencilla.

—¿Esa es la brillante conclusión a la que has llegado? —Lanza el trapo que tiene en la mano con muy mala leche—. ¡Hay que joderse!

Rodea la barra y vuelve a encaminarse hacia Dios sabe dónde con decisión.

Ni de coña. No va a largarse hasta que aclaremos este asunto. Vamos. Por encima de mi cadáver.

Le corto el paso y sujeto su brazo para detenerlo.

—No hemos terminado.

—Por supuesto que sí.

—Esa actitud es muy cobarde.

—¿Cobarde? No me toques los cojones, Bel.

Si las miradas matasen ahora mismo estaría muerta y enterrada.

—No fui yo quien salió corriendo aquella noche.

Recuerdo aquella noche. Fue el verano pasado. Cada año, antes de cerrar el Oberón durante las vacaciones de verano, cenamos los cuatro juntos en plan despedida dramática, como si en lugar de dos semanas fuéramos a estar dos siglos sin vernos. Suele ser algo informal. Un picoteo, una copa en cualquier terraza si se tercia y cada mochuelo a su olivo. Sin embargo, esa noche —todavía no sé muy bien ni cómo ni porqué—, terminamos en uno de esos garitos oscuros con cañones de luces por todas partes y la música a tope. Bianca fue la primera en escaquearse sin tan siquiera despedirse. Lo que viene siendo una bomba de humo en toda regla.

El caso es que Martín y yo, que habíamos perdido de vista a Claudia y nos temíamos que hubiera seguido los pasos de mi hermana, acabamos apoyados en la barra, copa en mano, muertos de risa, mientras poníamos a parir a las desertoras.

La noche fluía, quizá, excesivamente bien.

Había risas.

Complicidad.

Miradas más intensas que de costumbre.

Era como si, a nuestro alrededor, flotara una energía distinta que nos enredaba hasta juntar nuestros cuerpos, hasta que su mano acabó sobre mi mejilla, yo contuve el aliento y, sin que ninguno de los dos lo pensara demasiado, la situación se nos fue de las manos.

Martín recortó la pequeña distancia que nos separaba, estampó su boca sobre la mía y yo le devolví el beso con las mismas ganas, mientras en aquel rincón de la barra la temperatura amenazaba con calcinarnos vivos.

«Vámonos de aquí». Fui yo quien lo propuso. Huelga decir que no era mi cabeza quien tomaba las decisiones. Salimos de aquel garito en dirección a su casa —la mía no era una opción por razones obvias, Bianca hubiera flipado lo más grande—. Caminábamos con prisa, pero no la suficiente como para no detenernos cada pocos pasos y continuar con el magreo, hasta que llegamos a su apartamento y, en mitad del recibidor, más desnudos que vestidos, la cosa se torció.

Él murmuró un «joder, Bel, estoy loco por ti», y en mi cabeza empezaron a sonar todas las alarmas. Aquello fue una bofetada de realidad. Una cosa era la atracción física, un rollo de una noche, sin premeditación ni alevosía, y otra muy distinta que hubiera sentimientos de por medio. Respondí un torpe «lo siento, esto no debería haber pasado» y salí por patas para evitar el desastre inminente que aquello hubiera supuesto.

¡¿Martín y yo?!

Trabajábamos juntos, éramos amigos, y yo no me planteaba, ni de lejos, tener una relación con él. Hay que ver cómo cambian las cosas... A toro pasado, creo que aquella noche solo huyó una parte de mí.

La más cobarde.

La que analizó en apenas un par de décimas de segundo el millón de consecuencias a las que tendríamos que enfrentarnos si aquello salía mal. Aquella noche no valoré ninguna otra opción. Eso vino después, durante otras muchas noches en las que imaginé un final distinto. Uno en el que no había pensado hasta aquel momento mientras, en mi cabeza, las palabras de Martín se repetían como un disco rayado.

«Estoy loco por ti»

Quizás no hubiera sido tan extraño amanecer en la misma cama.

Quizás hubiera tenido el mejor orgasmo de mi vida.

Quizás aquella noche dejé pasar algo más que un polvo.

Desde entonces, he tenido tiempo más que de sobra para reflexionar, y abofetearme mentalmente por imbécil. Algo dentro de mí había germinado sin pedir permiso.

Y ese algo era Martín.

—Las cosas eran diferentes —respondo con sinceridad y un nudo en la garganta.

Lo único que tengo es la verdad y un miedo atroz a que no quiera escucharla.

—¿Qué ha cambiado? —pregunta algo más calmado.

O eso quiero creer.

—Yo era gilipollas —declaro.

—Lo sigues siendo.

Me sentiría insultada si no fuera porque en su tono no hay ni una pizca de acritud. Además, juraría que eso que ven mis ojos es un amago de sonrisa.

—No lo dices en serio.

—Por supuesto que sí.

Me acerco un poco más y tanteo su reacción. Martín aprieta la mandíbula y traga con fuerza. Me clava la mirada, la desvía y resopla, pero no se aparta.

—Bel, ¿qué cojones quieres de mí? —pregunta, con la voz entrecortada, mientras yo recorto la distancia entre nuestros cuerpos un poco más.

Sigo acojonada, pero no pienso repetir el patrón y dejar que la cobardía gane la batalla.

—No quiero nada de ti, Martín. Lo quiero todo contigo.

¿Ha sonado muy ridículo?

«Mierda, Belinda. Pues claro que ha sonado ridículo».

—¿Estás segura?

—Tan segura como de que la Tierra es plana.

Sacude la cabeza con una sonrisa tan plena que expande mis pulmones para devolverme el aire.

—Eres gilipollas.

Rechistaría. De verdad que sí. Pero no me da tiempo a hacerlo, porque Martín rodea mi cintura hasta pegarme a su cuerpo y asalta mi boca con urgencia.

Por fin, joder.

Capítulo 29

Noches que lo cambian todo

Bianca

—¿Estás seguro de que no debería llamarla? —pregunto por quinta vez en el último cuarto de hora.

Soy consciente de que estoy un pelín histérica, pero como para no estarlo. No he tenido noticias de mi hermana en toda la tarde. Ni buenas ni malas. Y quiero ser positiva, pero no puedo evitar pensar que igual en este preciso momento hay dos ambulancias y un camión de bomberos frente al Oberón y yo estoy aquí sin saberlo.

—Completamente —responde Hugo.

Vamos de camino a clase de baile. Sí, otra vez. Por segundo día consecutivo, porque, según él, «el noventa y nueve por ciento del éxito se basa en insistir». A saber dónde lo ha leído, porque la frasecita tiene toda la pinta de arenga motivacional de uno de esos equipos de ventas a puerta fría. Aunque, por cómo lo ha dicho y cómo me ha mirado al hacerlo, he tenido la sensación de que ese comentario hacía alusión a algo más que a nuestra destreza con los ritmos caribeños.

¿Belinda tenía razón?

Esas tres palabras juntas suenan a sacrilegio incluso entre interrogantes.

¿Le gusto desde hace tiempo? ¿Cuánto? ¿Por qué nunca me lo dijo? ¿Por qué ahora?

He hecho una lista mental de preguntas para las que necesito respuesta.

Por favor, que nadie me juzgue, la noche ha sido muy larga y el recuerdo del beso demasiado intenso. Tanto que todavía siento el hormigueo en los labios. Y en zonas menos nobles de mi anatomía.

Insisto: la noche ha sido muy larga.

Que cada cual saque sus propias conclusiones.

—¡Hola, chicos! —Reynaldo nos saluda con cortesía, pero escudriña la puerta, a nuestra espalda, con interés.

Como si esperase ver aparecer a alguien más.

Creo que el muchacho está un poco decepcionado por la no asistencia de Claudia y Belinda.

—¡Hola! —Celia se une al recibimiento de su compañero—. Esta tarde os toca conmigo. ¿Preparados?

Esta mujer derrocha energía por los cuatro costados.

La clase empieza como siempre. El mismo salón. Las mismas melodías inundando el espacio. Las caras habituales —nunca pensé que diría esto, pero empiezo a reconocer los rostros de la gente que me rodea—, los mismos pasos. Todo parece igual y, sin embargo, todo ha cambiado. Estoy mucho más tranquila. Supongo que el hecho de que la cercanía de Hugo ya no me resulte tan extraña tiene mucho que ver en ello.

Creo que, por primera vez, estoy disfrutando el momento. La música sigue sonando y, aunque nunca he sido muy fan del género, tengo que reconocer que algunas canciones empiezan a gustarme.

Vivo enamorado y loco.
Yo sin ti vivo fracasado y loco.
Si tú no estás aquí,
aquí, a mi lado,
de nada vale ya
lo que sé y mi doctorado.

Más todavía cuando escucho la letra en los labios de Hugo, que tararea muy bajito.

No sé cómo hacer sin ti.
Teniendo todo, nada me queda sin ti.

—¡Muy bien, pareja! —La voz de Celia a mi espalda me sobresalta—. Ya os dije que le cogeríais el punto enseguida. Estáis mucho más compenetrados.

«Compenetrados». La palabra resuena en mi cabeza como un tambor.

—Estoy de acuerdo con ella —susurra Hugo.

Y a mí se me eriza hasta el último pelo del cuerpo.

—¿Ah sí?

—Totalmente.

Sonríe con arrogancia y me aprieta un poco más contra su cuerpo.

La madre que lo parió.

—¿Intentas provocarme?

—Es posible. ¿Funciona?

Acompaña la pregunta con una mirada llena de intenciones.

—En absoluto —miento.

Porque la técnica le funciona mejor de lo que me gustaría y mis hormonas están a punto de hacer una conga. ¿No hace mucho calor aquí?

—Embustera —murmura con una sonrisa que se me contagia.

La clase se me hace corta. ¿Os lo podéis creer? No estoy bien de la cabeza. Es evidente que ese beso ha provocado daños irreparables en mi sistema y nunca volveré a pensar con claridad mientras Hugo esté cerca.

De camino a la calle, vuelvo a revisar el teléfono móvil por si Belinda ha dado señales de vida. Pero qué va. No hay ni rastro de ella.

—¿Nada? —pregunta Hugo.

—No. —Consulto el reloj y resoplo—. Y a esta hora ya debería haber salido del trabajo. ¿Crees que debería…?

—Sí —responde con una risilla petulante antes de que termine la pregunta.

—Vale, la llamo.

Un tono, dos, tres, cuatro… Nada. Pruebo de nuevo. Mismo resultado. ¿Y ahora qué?

—¿Te importa que nos acerquemos al café? —propongo a la desesperada.

—En absoluto. Vamos.

Me tiende la mano y yo la agarro sin dudar.

Y sin pensar que cualquiera podría vernos.

Definitivamente, no estoy bien de la cabeza.

Cuando llegamos al Oberón, nos encontramos la verja a media altura. Dentro hay luz, pero no se ve un alma. Empujo la puerta y compruebo que está abierta. Miro a Hugo, que se encoge de hombros. Este chico es don Tranquilo, de verdad os lo digo. ¿Cómo puede estar tan pancho cuando yo tengo el corazón a mil por hora? ¿Y si han entrado a robar? Nos agachamos para salvar la verja y acceder al interior.

—¿Bel? —grito desde la entrada—. ¿Estás aquí?

El chirrido de una puerta capta mi atención y desvío la vista en dirección al sonido. Proviene del vestuario.

—¿Bianca? ¿Hugo? —Mi hermana saca medio cuerpo por el hueco de la puerta, sobresaltada y… Un momento, ¿eso es un sujetador? ¿Qué le ha pasado a su ropa?—. ¿Qué hacéis aquí?

—¿Comprobar que sigues viva? —ironizo. Y respiro aliviada de que así sea—. No contestas al teléfono.

—Estaba… ocupada —carraspea.

Parece… incómoda. Alterna la mirada entre nosotros y el interior del vestuario.

—¿Ocupada? —pregunto con retintín y una ceja arqueada.

Una segunda cabeza asoma por la puerta. Martín. Otro que, como poco, no lleva puesta la camiseta.

—Pero…

Me encasqueto. Y casi mejor, porque creo que la situación habla por sí sola.

¡La madre que los parió!

—¡Genial! ¡Pues ahora que hemos comprobado que estáis bien, nosotros nos vamos!

Hugo tira de mi brazo para arrastrarme hacia la salida. Lo hago a trompicones, alternando la mirada entre la mano que tira de mi cuerpo y la puerta del vestuario. Esto es de traca.

Estamos a punto de salir del café cuando consigo detenerme.

—¡Por Dios, Belinda! —chillo—. ¡Al menos echad la llave!

Hugo, descojonado perdido, vuelve a tirar de mí y empuja la verja hacia arriba para facilitarnos la salida.

Por el amor de Dios. Esto es surrealista.

—¿Echad la llave? —pregunta en cuanto pisamos la calle—. ¿En serio?

—¿Qué? Igual que hemos entrado nosotros podría haberlo hecho cualquiera —me justifico—. ¿Es que no lo han pensado?

—Es evidente que tenían otras prioridades.

Ríe.

—Sí, ya lo he visto. Mancillar el Oberón —protesto. ¿De verdad era tan urgente? Lo que me lleva a pensar que…—. Mierda. —Sacudo la cabeza—. El lunes voy a tener que fumigar ese vestuario.

No quiero ni imaginarme lo que ha ocurrido entre esas cuatro paredes.

Hugo se descojona.

Y yo tuerzo el morro.

—No te reirías tanto si tuvieras que cambiarte ahí.

—Bianca, si tuvieras que evitar todos los sitios en los que

alguien que no seas tú ha tenido sexo, no podrías salir de tu casa —argumenta con seriedad.

Y sé que tiene razón. No soy ninguna ingenua. La gente practica el sexo en los lugares más insospechados. Prisa, morbo… Cada cual tiene sus razones.

—Me conformo con evitar los sitios en los que lo haya tenido mi hermana.

—Entonces, vas a tener que mudarte.

Mierda.

Eso no lo había pensado.

¿Y si me los encuentro dale que te pego en el sofá? ¿O si escucho gemidos nocturnos a través de la pared que separa nuestros dormitorios? ¿O me encuentro a Martín en calzoncillos en mitad del pasillo? O desnudo en la ducha. Oh, Dios mío. Por Dios, ¡que vivimos juntas! Ya me veo cogiendo los bártulos para volver a Villa Helena.

El sonido del teléfono de Hugo interrumpe el repentino ataque de pánico que me sobreviene ante la idea de volver a casa de mi madre. Vale que me quejo mucho de mi hermana y sus manías, pero creo que prefiero atiborrarme a *pizza* tres días por semana, con Eros Ramazzotti—que es casi parte de la familia— de fondo, que hacer calceta con mi progenitora mientras comentamos los entresijos de la última serie turca.

—Es Gertrudis —comenta antes de descolgar—. Hola, Gertru. No. No estoy en casa. —Consulta la hora—. Dame cinco minutos. No, Gertru, de verdad que no es ninguna molestia. —Cuando cuelga, me mira con rictus serio—. ¿Te importa que nos acerquemos a mi casa? Gertrudis se ha dejado las llaves dentro.

—Claro que no me importa.

No sé en qué momento hemos firmado un acuerdo tácito de pasar la tarde juntos, pero es evidente que lo hemos hecho. Y que conste que no es una queja, ojo. Yo estoy encantada.

Encontramos a Gertrudis en el rellano. Mientras Hugo entra en su apartamento para localizar el juego de llaves de repuesto de su vecina, la señora me da un repaso, nada discreto, con una sonrisa de oreja a oreja antes de presentarse y plantarme dos sonoros besos y un abrazo bien apretado.

—No sé dónde tengo la cabeza —se mortifica cuando su salvador regresa y le abre la puerta.

Nos despedimos de la vecina y sigo a Hugo hacia el interior de su apartamento.

—Necesito un vaso de agua.

—Como si estuvieras en tu casa —afirma.

Me encamino a la cocina, saco un vaso del armario y abro la nevera, pero no llego a coger la botella de agua, porque me quedo patidifusa con la cantidad de recipientes de comida preparada que hay en el interior.

—Hugo, dime una cosa, ¿cuántos favores, y de qué tipo, le haces a tu vecina?

—Gertrudis es un poco exagerada —susurra, pegado a mi espalda, y un sudor frío me recorre la espina dorsal.

—¿Un poco? —pregunto con ironía para esconder los nervios que me provoca notar su aliento en el cuello como una caricia cálida.

—¿Te apetece que vayamos a cenar? —propone con una sonrisa.

—¿Bromeas? —Ladeo la cabeza para mirarle—. Sería un sacrilegio ir a un restaurante con toda esta comida en la nevera.

—Lo que sería un sacrilegio sería ofrecerte comida recalentada en nuestra primera cita.

¿Nuestra primera cita?

Me gusta como suena.

Capítulo 30

No te acobardes ahora

Hugo

Este no era el plan que tenía en mente, aunque, si soy since-ro, compartir una botella de vino y unos macarrones con queso recalentados, sentados sobre la alfombra, con la espalda apoyada en el sofá, y descalzos, me parece muchísimo mejor que el tailandés al que pensaba llevarla. Es menos exótico, pero también más íntimo y cómodo. Tengo todo lo que necesito para una cita perfecta: ella. Solo espero que Bianca opine lo mismo y esta no resulte ser la peor cita de su vida.

—Y tú querías ir a un restaurante… —murmura con la copa de vino en la mano, antes de llevársela a los labios.

—Pensé que te sentirías más cómoda en terreno neutral.

Es la verdad. Me preocupaba que la situación se volviera extraña después del beso.

—¿Por qué tendría que sentirme incómoda?

—Por si intento volver a besarte.

Ladeo la cabeza en su dirección y analizo su reacción.

—Respecto a eso…

Un ligero rubor cubre sus mejillas.

—¿Deberíamos volver a hacerlo? —la interrumpo.

Me aterra pensar que haya podido arrepentirse.

Me inclino para recortar la distancia que nos separa.

Ella contiene la respiración.

Yo trago con fuerza.

Ella se humedece los labios.

Yo dejo de pensar.

Me lanzo contra su boca con hambre, la misma con la

que ella me corresponde mientras gime sobre mis labios y enreda los dedos entre mi pelo. Rodeo su cintura con el brazo y levanto su cuerpo para encajarlo sobre el mío y el beso se vuelve desesperado hasta reducirnos a un amasijo de respiraciones entrecortadas, jadeos contenidos y ganas.

Necesito más. Mucho más.

Deslizo la mano bajo la tela de su camiseta y el contacto de su piel me quema los dedos. Recorro su espalda, acaricio su costado y siento cómo se estremece entre mis brazos cuando rozo el encaje que cubre su pecho.

—Hugo… —Separa sus labios y apoya su frente sobre la mía—. ¿Qué estamos haciendo? —titubea, y yo suelto el aire con fuerza.

Sabía que este momento llegaría.

La conozco lo suficiente como para intuir que tiene preguntas y que, en su cabeza, ya ha elaborado una minuciosa lista de pros y contras en función de las respuestas que obtenga.

La conozco lo suficiente como para saber que no lo tengo fácil. Al contrario. Entre nosotros siempre habrá algo imposible de obviar, al menos para ella: mi hermano.

Yo ese lastre lo solté hace mucho tiempo. Durante años cargué con una mochila llena de culpa. Me sentí un canalla, un miserable, un perdedor. Yo no había elegido quererla, pero no podía evitar hacerlo. Y por si eso no fuera suficiente castigo, tampoco evitarla a ella. Bianca formaba parte de mi vida, de mi familia, era la novia de mi hermano y yo era muy consciente de que lo que sentía por ella estaba mal.

Pero esa mochila ya no me pesa. Dejé de sentirme culpable por quererla en el mismo momento en el que Víctor le rompió el corazón.

—Dejarnos llevar.

—Eso es una malísima idea que puede acabar en desastre, Hugo.

—Eso solo ocurrirá si no queremos lo mismo.

Las yemas de mis dedos dibujan círculos infinitos sobre la sueve piel de sus costados. Memorizo la sensación, consciente de que puede evaporarse en cualquier momento.

—¿Y qué quieres tú?

—Yo te quiero a ti, Bianca. Siempre te he querido.

—Hugo… —vacila, y sé lo que va a decir—. Es demasiado complicado.

—No lo es —rebato.

—No funcionará.

«Y una mierda».

Apreso su labio entre los dientes y tiro con suavidad, llevándome conmigo el suspiro que se escapa de su boca.

—¿De verdad lo crees?

—No puedo olvidar quién eres.

La conozco lo suficiente como para saber que el miedo, las dudas y nuestro pasado ganarán esta batalla.

—¿Qué pasaría si pudieras hacerlo?

—Lo sabes de sobra.

El deseo brilla en sus ojos igual que lo hace en los míos.

—Entonces, hazlo —mendigo, con una mezcla de esperanza y deseo en la voz—. Solo por esta noche.

—¿Y qué pasará mañana?

—Dejaré la luz encendida, por si decides volver.

Algunos pensarán que acabo de cavar mi propia tumba, pero se equivocan. Ese agujero lo excavé en el mismo momento en que me fijé en ella. Cuando ya estás perdido, no queda nada que perder. Si hay algo que tengo claro es que el pasado, la familia o las circunstancias no dicen nada de nosotros. Solo son el decorado con el que nos ha tocado vivir.

Nosotros podemos ser más. Y no voy a rendirme sin luchar.

Capítulo 31

El universo seguro antes de Hugo

Bianca

Sus manos recorren mi cuerpo con avaricia, como si quisiera memorizar cada recodo, cada pliegue, cada lunar. Mi cuerpo tiembla de deseo, se estremece de placer y los gemidos se escapan de mi boca sin que pueda hacer nada por evitarlo, hasta convertir la habitación en una mezcla de jadeos y miradas que lo dicen todo. El aire se vuelve denso y colapsa mis pulmones.

Me despierto envuelta en una fina capa de sudor. El sueño ha sido tan intenso que parecía real, tan real como el recuerdo de la noche que pasé con Hugo y que ni siquiera en brazos de Morfeo consigo quitarme de la cabeza.

Demasiada intensidad.

Demasiado sentimiento.

Demasiado Hugo.

«Si solo tenemos una noche, te aseguro que va a ser muy larga», susurró con los dedos anclados con fuerza sobre mis caderas para profundizar sus embestidas, como si quisiera traspasar mi cuerpo hasta llegar a mi alma. Suave. Fuerte. Enloquecedor. Delirante, como el inevitable avance de las agujas del reloj que acabarían rompiendo el hechizo apenas unas horas después.

Los primeros rayos de sol nos encontraron enroscados entre las sábanas. Hugo dormía, y entonces fui yo quien se esforzó en retener cada detalle. La línea de su mandíbula, los labios entreabiertos, el pelo revuelto. Envolví el recuerdo con mimo, lo guardé en un cajón de mi memoria y hui antes de que la cruda realidad me engullera.

Han pasado tres días. He tenido tiempo más que de sobra para rememorar lo sucedido y reflexionar sobre ello. Y si algo he sacado en claro es que aquella noche firmé mi sentencia de muerte.

No fue solo sexo.

Fue el fin del mundo.

Del universo seguro en el que orbitaba antes de Hugo.

¿Qué voy a hacer ahora con mi vida?

¿Quién me mandaría a mí dejarme llevar?

Al abismo.

Porque ahí es donde he acabado.

Malditos instintos primarios.

Doy vueltas sobre la cama hasta que me rindo a la evidencia de que no voy a volver a conciliar el sueño. Guiada por el olor a café, arrastro mis ojeras hasta la cocina, donde me encuentro a Belinda apoyada en la encimera con una taza en la mano y una sonrisa en los labios que me encantaría borrarle de un manotazo.

—¿Otra mala noche, caramelito?

—No me jodas, Belinda, no me jodas. —Me sirvo un café y me dejo caer sobre una de las sillas—. Estoy agotada. Necesito apagar mi mente, dejar de torturarme, olvidar esa noche, morirme. Lo que sea con tal de no pensar en Hugo.

—Lo que necesitas es dejar de sabotearte —responde—. A ver… —Ocupa la silla que está frente a mí y me mira muy seria. «Mierda». Va a darme la charla otra vez—. Os habéis acostado y ha sido de lo más satisfactorio. —La muy cretina mete el dedo en la llaga, pero la culpa es mía por haberle dado los detalles—. Asume que te gusta, que te pone cachonda como una perra y que quieres repetir. No duele. Te lo aseguro.

—¿Y si es algo más?

—¿Intentas decirme que no solo notas las cosquillas en el coño?

¿En serio acaba de decir eso?

—Preferiría dejar mi coño al margen de esta conversación.

—¿Es eso o no? —resopla.

—Sí. No —divago—. No lo sé. Estoy hecha un lío.

—Pues desenrédate.

—Como si fuera tan fácil.

—Lo es. Solo tienes que escucharte. Y si la respuesta es que el Cascanueces te calienta el alma además del cuerpo, que le den por culo al mundo, Bianca. Es tu vida. No necesitas la aprobación de nadie para vivirla como te salga del *peperete*.

—Cuando usas la palabra «*peperete*» pierdes toda la credibilidad.

—No intentes desviar la conversación, no va a funcionar.

«No va a funcionar». Sus palabras me devuelven a aquella noche. Ese es el quid de la cuestión y los cimientos sobre los que se construyen todas mis reticencias.

Es una locura.

Es el hermano de mi exmarido.

Odio a su familia con todo mi ser.

¿Qué clase de relación tendríamos?

Ya os lo digo yo: una abocada al fracaso o a la clandestinidad. Y ninguna de las dos opciones me parece buena.

—Ese es el tema, Bel, que no va a funcionar.

—¿Qué piensa él? ¿Habéis hablado? —Niego con la cabeza. Ella me mira enfadada porque sabe tan bien como yo que intento ignorar el enorme elefante azul que hay en mitad de la sala—. Pues deberíais hacerlo. —Se levanta para meter la taza en el lavavajillas—. Tengo que ir a trabajar.

—Saluda a Martín de mi parte —malmeto.

Las aguas han vuelto a su cauce, lo que significa que mi hermana y él comparten turno de nuevo. Me alegro de que, por lo menos, a una de las dos le vayan bien las cosas.

Aunque no deja de ser curioso que mi hermana encauzara su vida la misma noche en la que yo descarrilaba la mía.

—¡Llama al Cascanueces! —grita desde la puerta.

—¡No tiene cobertura!

Sé que ha sonado a excusa, pero es la pura verdad.

Como cada año en Semana Santa, Hugo se ha ido a hacer *snowboard* con su cuadrilla a un rincón perdido en los Pirineos de cuyo nombre no consigo acordarme. Lo único que lo mantiene conectado al mundo es el saturado wifi del hotel en el que se alojan.

Cuando me dijo que se marchaba al día siguiente, sentí una mezcla de alivio y decepción. Alivio porque la distancia me serviría para poner en orden mis asuntos. Decepción porque empezaba a ser consciente de que me gustaba demasiado compartir mi tiempo con él.

—No me cuentes películas, Bianca —responde—. Y envíale un mensaje.

—¿Para decirle qué?

Mi pregunta rebota en la puerta que Belinda ha cerrado a su espalda. Estoy segura de que la muy cretina me ha oído y me ha ignorado. Puedo escuchar su voz en mi cabeza: «Ese marrón te lo comes tú sola, hermanita».

> **BEL**
> Prueba con la verdad.
> Suele ser el camino más corto.

Leo el mensaje y maldigo entre dientes. Hubiera preferido que me ignorase.

Belinda me da menos quebraderos de cabeza en su versión «todo me importa una mierda» que cuando entra en modo sensato. Sobre todo porque ella no es la más indicada para dar consejos amorosos a nadie después del culebrón que protagonizó con Martín. A los hechos me remito.

Releo el mensaje y resoplo con fuerza.

El camino más corto me coloca en el borde del precipicio. El vértigo me aprieta el estómago. Y sin embargo… mis dedos bailan sobre la pantalla del teléfono, porque mi hermana tiene razón, por mucho que me moleste reconocerlo. No necesito la aprobación de nadie para vivir mi vida como me plazca.

BIANCA
Te echo de menos.

El mensaje no le llega, imagino que ya estará en las pistas y, en consecuencia, desconectado del mundo.

Me sirvo un segundo café y entro en su Instagram para curiosear. A lo largo de estos días ha subido varias fotos y, a pesar de que en la mayoría va tapado hasta las orejas —casco, gorro, gafas… el *pack* completo—, me he recreado en las pocas en las que me he topado con su sonrisa iluminando la pantalla de mi teléfono.

Busco su última publicación como un adicto buscaría su dosis. Es la foto de su tabla de *snowboard*, clavada en la nieve. Al fondo de la imagen, el sol se esconde tras las montañas. Se respira paz, calma. Palabras que se me antojan tan lejanas como ese rincón perdido del Pirineo.

Una notificación irrumpe en mi pantalla y el nudo de mi estómago hace un salto mortal con doble tirabuzón.

HUGO
Yo más. Siempre.

BIANCA
¿Tú no deberías estar cogiendo un remonte?

HUGO
Debería, pero han cerrado las pistas
por fuertes rachas de viento.

BIANCA
Qué putada, lo siento.
¿Y cuál es el plan para hoy?

HUGO
Yo no. Si estuviera en la pista, no hubiera
leído tu mensaje.

BIANCA
No era importante.

HUGO
Dímelo otra vez y hago las maletas.

BIANCA
No quiero que hagas las maletas.

¿De verdad se presentaría aquí si le pidiera que lo hiciese?
¿Quiero que lo haga?
El borde del precipicio cada vez está más cerca.

BIANCA
¿Estás enfadado?

Tanteo.

HUGO
¿Porque te largaras en plena noche como una ninja?

BIANCA
Ya había amanecido.

Me justifico. Aunque la respuesta correcta sería un simple «sí». Salí corriendo como alma que lleva el diablo; si está enfadado, lo entenderé.

HUGO
Supongo que no tendría derecho a estarlo. Nuestro «trato» solo incluía una noche.

Si solo incluía una noche, ¿por qué no puedo olvidarla?

HUGO
Mi almohada aún olía a ti. Ojalá pudiera embotellar ese aroma.

Ojalá pudiéramos embotellar todos los momentos bonitos.

Capítulo 32

¿Y si no se te pasa?

Bianca

Aprieto en un puño la fina tela de las sábanas de algodón. Mi espalda se arquea. Dirijo la otra mano al vértice de mis piernas y enredo los dedos entre los mechones de su pelo cuando la sacudida me atraviesa como un rayo en mitad de la tormenta. Gritaría si no fuera porque conservo un pedazo de raciocinio, muy pequeño, diminuto, pero suficiente para recordarme que no me gustaría escandalizar a los vecinos de Hugo.

Vuelvo a despertar con las pulsaciones disparadas, los sentidos colapsados y un terremoto en mi interior. Esto no puede ser sano.

Remoloneo en la cama. Es demasiado temprano y, en consecuencia, el día se hace demasiado largo. Dormito a ratos y a ratos pienso. Regreso a aquella noche, saboreo cada detalle, acaricio cada recuerdo y me dejo arropar por el hormigueo que recorre mis tripas.

¿Cuánto va a durar esto? Porque no puedo seguir así. Evadiéndome de una realidad capaz de aplastarme como un mosquito. Anhelando un imposible. Deseando un poco más sin la certeza de que ese poco pueda ser suficiente.

Intento mantener la mente ocupada durante el resto de la mañana para no pensar. Por supuesto, no lo consigo. Su nombre se ha convertido en un mantra que retumba en mi cabeza sin permiso ni control. Una y otra vez.

Llego al café una hora antes de que empiece mi turno. El trabajo es lo único que consigue apaciguar mis pensamientos, aunque solo sea a ratos. Necesito ruido, bullicio, gente, dramas ajenos. Lo que sea con tal de no estar conmigo misma en el más absoluto silencio.

De pie, en mitad de la acera, observo el interior del local desde la cristalera. Martín se ocupa de la barra mientras Belinda atiende las mesas. Se miran a hurtadillas, se sonríen. Nadie diría que hace apenas un par de días ni siquiera podían compartir espacio por riesgo inminente de muerte de alguno de los dos.

En cuanto cruzo la puerta, mi mirada se pierde en la indumentaria de mi hermana.

—Por Dios, Bel, me sangran los ojos.

—Lo sé —responde—. Es impactante. —«Y tanto», pienso—. Pero no me negarás que el mensaje es brutal.

Razón no le falta, pero yo estoy al borde del cortocircuito.

Lleva una camiseta en la que pone: LA BIDA ES ERMOSA, BÍBELA (AUN CON HERRORES).

Juro por todos los satélites de Urano que no quiero mirar, de verdad que no, porque estoy a punto de quedarme bizca, pero por alguna extraña razón no puedo apartar los ojos de la tela.

Hasta que la voz de Belinda capta mi atención.

—Han dejado otro sobre —ella susurra y yo resoplo.

¿Es que esto no va a acabar nunca?

Hago un recuento mental. Es el sexto. Porque a los primeros —«era el planeta equivocado», «busca tu camino y encuentra tu propia órbita» y «no es el final, es un nuevo comienzo»— le siguieron otros dos más.

En la cuarta tarjeta ponía: `Eres mar, no te conformes con charcos.`

La quinta: `El amor de tu vida eres TÚ.`

Y empiezo a estar hasta el *tortellini* de los mensajes subliminales con remitente desconocido, porque ya desconfío hasta de mi sombra.

Mi hermana está convencida de que esto es cosa de Hugo. Algo poco probable, salvo que tenga el don de la omnipresencia y pueda colar sobres bajo la puerta del Oberón mientras hace *snowboard* en la otra punta del país.

Yo sigo pensando que es cosa suya y que, en realidad, solo pretende desviar la atención. Pero ella lo ha negado desde el primer momento y yo no tengo ninguna prueba que respalde mis sospechas.

—¿Y qué pone esta vez? —pregunto.

Belinda me tiende la tarjeta.

```
Ríe. Sueña. Ama. Arriesga. Vive. Salta.
          Y la red aparecerá.
```

—Belinda… —arqueo una ceja con la dichosa nota en la mano—, ¿seguro que tú no tienes nada que ver con esto?

—Joder, Bianca —protesta, porque no es la primera vez que la «acuso»—. Te he dicho mil veces que no —asegura.

Y quiero creerla. Pero, por si acaso, pienso poner la casa patas arriba para asegurarme de que no tiene una máquina de escribir escondida en algún sitio.

—Vale —finjo que la creo—. Pues tenemos que averiguar quién está detrás de esto.

Sacudo en el aire el abanico de tarjetas.

En plan equipo de investigación.

—¡Hola!

Claudia nos observa desde la puerta.

Le devolvemos el saludo y es entonces cuando recaigo en su indumentaria.

No puede ser.

La dulce Claudia lleva una camiseta al más puro estilo Belinda, en la que se lee: LA PROCESIÓN VA POR DENTRO. Me llevo las manos a la cabeza. Mis peores temores se confirman, porque en el Oberón se ha desatado la guerra de los mensajes estampados en camisetas y todas parecen hablar de mí. ¿Y ahora qué hago yo con estas dos taradas?

—¡¿Tú también?!

Mi cara es de total estupor.

Claudia aprieta los labios para no reírse.

Mi hermana ni se molesta en ocultar que está encantada de la vida de crear tendencia.

—¡Es genial! —interviene la susodicha.

—Bel, eres una malísima influencia.

—Hermanita, eres una rancia —responde—. Y no tienes visión de negocio. ¿Es que no lo ves? Estas camisetas podrían convertirse en nuestro sello de identidad.

—¿Nuestro sello…?

No termino la frase.

—Tú dale una vuelta —concluye mientras sale de la cocina para largarse.

Definitivamente, nos hemos vuelto todos locos.

—Está como un cencerro —murmuro.

—Las mejores personas lo están —responde Claudia.

La miro con ternura. La he echado de menos. No es que trabajar con Martín fuera una tortura, pero estaba tan acostumbrada a la compañía de Claudia que se me hacía muy raro no compartir turno con ella.

—¿Qué tal llevas «lo tuyo»? —pregunta con cautela.

Y por si alguien se lo pregunta —aunque no creo que sea el caso—, con «lo tuyo» se refiere a mi paja mental con Hugo, de la que, por supuesto, está al corriente. El Oberón es una familia para lo bueno y para lo malo, y eso incluye que todos terminamos siendo partícipes de las aventuras y desventuras de los demás.

—Mal —declaro con sinceridad.

—¿Y qué vas a hacer?

—Esperar a que se me pase la tontería.

—¿Y si no se te pasa? —murmura.

Es una buena pregunta para la que todavía no tengo respuesta. Y os puedo asegurar que no es porque no la haya buscado con ahínco durante estos días.

—Ya pensaré qué hacer cuando llegue el momento.

—El momento es ahora, Bianca —rebate.

—Si mañana aparece otro sobre con ese mensaje, serás mi principal sospechosa.

Cambio de tema porque no sé cómo rebatir su afirmación.

—¡¿Ha llegado otra carta?! —chilla entusiasmada—. ¿Qué pone? ¡¿Qué pone?! —Le entrego la tarjeta y se apresura a leerla—. ¿Ves? Lo que yo decía… —concluye satisfecha.

«Ama, arriesga, vive». Qué fácil es decirlo.

Con lo tranquila que yo estaba.

¿Cómo he acabado en esta situación?

Si no hubiera accedido a acompañarlo a la boda, si no me lo hubiera pedido, nada de esto habría pasado. Esa es otra de las cuestiones que no me quito de la cabeza. Quizá haya llegado el momento de despejar la incógnita.

> **BIANCA**
> ¿Por qué me pediste que fuera contigo a la boda?

Sé que no lo leerá hasta que vuelva al hotel. El tiempo ha mejorado y han reabierto las pistas. Lo sé porque, como la idiota masoquista que soy, volví a escribirle esta mañana y me contó sus planes. Así que tendré que esperar.

Rebusco las llaves en el bolso cuando caigo en la cuenta de algo. El felpudo está boca abajo. Mierda. Es la señal.

Pongo los ojos en blanco y cruzo el rellano hasta llamar al timbre de Villa Helena. Mi madre me observa con el ceño fruncido en cuanto abre la puerta.

—Hija, ¿necesitas algo?

—¿Me invitas a cenar?

—Sí, claro. —Se aparta para facilitarme el acceso—. ¿Belinda no está en casa? Juraría que la he oído llegar.

Me alegro de que sea lo único que ha escuchado. Al final va a resultar que las paredes son buenas y no papel de fumar.

—Está, está —afirmo—, pero no está sola.

—¿Martín? —pregunta con una sonrisa pícara.

—¿Quién si no?

Sigo a mi madre hasta el salón y nos acomodamos en su sofá. Aprovecho el momento para enviarle un mensaje a mi hermana.

> **BIANCA**
> Estoy en casa de mamá. Me quedo a cenar con ella. Avísame cuando pueda volver.

Bloqueo el teléfono y lo dejo sobre la mesa de centro, junto a un libro cuya cubierta llama poderosamente mi atención. Sobre fondo blanco, una mariposa despliega un cielo lleno de estrellas, planetas y constelaciones a través de sus alas. Leo el título: *Primavera en Júpiter*.

—¿Nueva lectura?

Mi progenitora asiente.

—Me lo ha prestado Ester. —Es una de sus mejores amigas, se conocen desde niñas y nunca, jamás, han perdido el contacto, a pesar de las vueltas de la vida, que no han sido pocas para ninguna de las dos—. ¿Sabías que en Florida hay un pueblo que se llama Jupiter?

—¿En serio? No tenía ni idea.

—A tu padre le hubiera encantado saberlo.

Sonrío al pensar en él.

—Te habría organizado unas vacaciones en la costa este.

Ambas reímos, porque las dos sabemos que lo haría, menudo era.

El pitido de mi teléfono interrumpe nuestra conversación. Imagino que será Belinda para informarme de cuándo podré volver a casa.

Pero no. No es ella.

HUGO
Se me estaban acabando las excusas para verte.

—¿Es tu hermana? —pregunta mi madre.

—No. —Bloqueo el móvil y lo vuelvo a dejar sobre la mesa. Me recoloco en el sofá y abrazo mis piernas flexionadas—. Es Hugo.

Por supuesto, mi señora madre también está al corriente de lo sucedido. Aunque sin los detalles tórridos.

—¿Y bien? —insiste.

—No lo sé.

Dejo caer la cabeza hasta apoyar la frente sobre mis rodillas.

—Sí lo sabes, pero te asusta la verdad. —Mi madre me acaricia el pelo con ternura—. Hugo te gusta, Bianca. La cuestión es si te gusta lo suficiente como para pasar por alto quién es y de dónde viene.

—No va a funcionar.

He perdido la cuenta de las veces que he repetido esa frase en los últimos días.

—Eso no lo sabes.

—Sí lo sé. El mundo entero se pondrá en nuestra contra.

—El mundo tiene muy mala memoria.

—Se me pasará —insisto.

Ya no sé si quiero convencer a los demás o a mí misma.

El sonido del timbre me salva de la réplica que, estoy segura, mi madre tenía preparada.

—Ya voy yo.

Me escabullo de mala manera y me topo con mi hermana al otro lado de la puerta.

—¿Ya habéis cenado? —Cruza el umbral sin contemplaciones—. Me muero de hambre.

—Si es que tanto desgaste no puede ser bueno… —malmeto.

—Qué mala es la envidia. —Me devuelve el golpe—. Y ya que sacas el tema…

—Yo no he sacado ningún tema —intervengo, antes de que termine la frase, porque la veo venir.

—Minucias. —Sacude la mano delante de mi cara para restarle importancia—. ¿Hay novedades del Cascanueces?

—No —titubeo.

—Uy, ese «no» —desconfía y extiende la mano—. Déjame ver tu móvil.

—Vale, me ha escrito —confieso.

—¿Algo interesante?

Le paso el teléfono para que lea la conversación. Total. Qué más da. A estas alturas de la historia ya no tengo nada que ocultar. Mi madre se une a la fiesta y cotillea mis mensajes sobre el hombro de Belinda. Cuando terminan la lectura, las dos me miran con atención.

—¿Qué? —pregunto y me preparo para el aluvión de reproches.

El escrutinio me está poniendo de los nervios.

—Nos encanta —asegura mi hermana, feliz como una perdiz—. Nos encanta muchísimo. ¿A que sí, madre?

—Nos encanta muchísimo —corrobora la otra.

Pues ya somos tres.

—Voy al baño —anuncio.

No es que tenga demasiadas ganas de ir, lo que tengo es la necesidad imperiosa de salir del influjo de estas dos conspiradoras. Si ya por separado son peligrosas, juntas tienen más peligro que un mono con una escopeta.

Y la casualidad se cruza conmigo en mitad del pasillo.

Una puerta entreabierta.

La de mi antigua habitación.

Una silla fuera de lugar.

En mitad de la estancia.

Una máquina de escribir sobre la mesa.

¡¿Una máquina de escribir?!

Freno en seco en mitad del pasillo y vuelvo sobre mis pasos para cruzar el umbral y acercarme a la mesa en la que descansa el artefacto del demonio. Junto a él, hay un puñado de sobres y tarjetas. La evidencia me sacude de arriba abajo. No hay duda. Mi madre es el remitente misterioso.

Vuelvo a la cocina con prisa y una tarjeta en blanco en la mano.

—¡Eras tú!

Sacudo el trozo de papel en el aire.

—¿Mamá?

Belinda la mira atónita. Parece tan confusa como yo.

Doña Helena se encoge de hombros.

Yo necesito una explicación.

—Pero ¿por qué?

—Le prometí a vuestro padre que cuidaría de vosotras, que os recordaría cada día que sois maravillosas y que nunca permitiría que os perdierais.

No puedo evitar recordar entonces las palabras de mi padre: «Mis pequeños satélites, nunca orbitéis un planeta desierto».

—¿Por qué no me lo has dicho directamente?

—Lo he hecho, Bianca, infinidad de veces, pero no me has

escuchado —rebate—. Supongo que nadie es profeta en su tierra. Tendemos a pensar que las personas que nos quieren ven lo bueno que hay en nosotros movidas por el cariño que nos tienen, no porque realmente seamos merecedores de esos cumplidos. Creemos que no son imparciales, ni objetivos. Por eso, a veces, necesitamos escuchar las cosas de alguien de fuera para convencernos de que son verdad. He criado a dos hijas fuertes y valientes que se merecen todo lo bueno que la vida les ofrezca. Cada pequeña victoria, cada paso, cada beso y cada abrazo. Y no quiero que lo olviden. Y a ti se te olvida muy a menudo.

Soy incapaz de alegar absolutamente nada.

Estoy en *shock*.

—¡Pues nada, misterio resuelto! —Es Belinda quien rompe el silencio—. ¿Ya podemos cenar? Porque yo me muero de hambre.

Y, como si aquí no hubiera pasado nada, toma asiento a la mesa, llena un vaso de agua y se mete en la boca un pedazo de pan.

Ole sus ovarios.

Capítulo 33

No apagues la luz

Bianca

Esta noche la visión ha sido distinta. Estaba en la cama, a medio camino entre la vigilia y el sueño, mientras Hugo, a mi espalda, dibujaba pequeños círculos con sus dedos sobre mi cadera.

Demasiado dulce. Demasiado tierno. Demasiado íntimo.

Aterrador.

Con Hugo todo es «demasiado».

Es de ese tipo de personas que arrollan todo a su paso. De las que no dejan indiferente a nadie, porque son capaces de iluminar una habitación con solo cruzar la puerta. De las que te enganchan sin que sepas cómo, y cuando no las tienes cerca, acusas su ausencia.

—Bianca, ¿estás dormida?

Puedo notar su aliento en el cuello. Su voz no es más que un murmullo y, aun así, me eriza la piel. Quiero contestar que no, que estoy despierta, más despierta que nunca, pero mi voz parece haberse declarado en rebeldía y de mi boca no sale una sola palabra.

—Bianca —vuelve a susurrar—, dime que vas a volver.

«Dime que vas a volver».

Los recuerdos de ese sueño se mezclan con la realidad. Con infinitas horas de conversaciones con Belinda, y una copa de vino en la mano, mientras insiste en que mi vida es mía y tengo la obligación de vivirla como quiera. Con la calma de mi madre, que me recuerda que merezco todo lo bueno que la vida me ofrezca. Y sé, con total seguridad, que se refiere a Hugo. Con el brillo que desprenden los ojos de Hugo cuando me mira. Con las manos temblorosas con las que cojo el teléfono de la mesita de noche y consulto la hora. No son ni las ocho de la mañana, pero estoy segura de que él estará despierto.

He perdido demasiado tiempo anclada en el pasado. Me merezco ser feliz.

BIANCA
Hugo, ¿estás ahí?

HUGO
¿Qué haces despierta un domingo a estas horas?

BIANCA
No podía dormir. Te echo de menos.

HUGO
Tengo hechas las maletas. Y ahora mucha más prisa por salir echando hostias de aquí.

Me lo imagino metiéndoles prisa a sus amigos y sonrío como una idiota.

BIANCA
Tengo muchas ganas de verte.

HUGO
Yo tengo muchas ganas de ti.

BIANCA
Dijiste que dejarías la luz encendida.

HUGO
Siempre, Bianca.

BIANCA
Entonces, encontraré el camino.

HUGO
¿Eso es un sí?

BIANCA
Sí.

HUGO
Hablamos luego. Tengo que largarme de aquí. Te aviso en cuanto llegue.

Vuelvo a sonreír como una idiota. Un gesto que me acompaña hasta la cocina, donde me encuentro a Belinda dando buena cuenta del paquete de churros que hay sobre la mesa.

—¿Y esa sonrisita? —pregunta con retintín—. ¿El Cascanueces te ha vuelto a empotrar en sueños? —Ignoro su mala leche mañanera—. ¿Churros? —Me planta el envoltorio en las narices. Tuerzo el morro con repelús y mi hermana me mira ofendida—. ¿A qué viene esa cara?

—Eso parece una balsa de aceite.

Señalo el papel pringoso.

—Mira, caramelito, no te pongas exquisita, que al paso

que vas igual este es el único churro que mojas en lo que te queda de vida. Tú verás.

—Hablando de eso… He tomado una decisión.

—¿Y piensas compartirla conmigo por las buenas o tengo que coger el sacacorchos del cajón?

Niego con la cabeza antes de responder.

—Quiero intentarlo.

Voy a saltar. Y que sea lo que el universo decida.

—¿En serio? —alucina.

Pero en el buen sentido. Está más emocionada que yo.

—En serio —corroboro—. Que le den por culo al mundo.

—¡Esa es mi chica!

Levanta el brazo y chocamos los cinco como un par de pandilleros en mitad del Bronx.

—¿Y tú qué haces despierta a estas horas? —pregunto.

—He quedado con Martín para desayunar.

Para desayunar, dice. Alterno la mirada entre la taza de café que tiene delante y el paquete de churros grasiento.

—Pero tú ya estás desayunando.

—Eso él no tiene por qué saberlo.

—Algún día descubrirá que eres un saco sin fondo.

—Pero ese día no tiene por qué ser hoy. Es mejor dosificarle mis rarezas. No queremos que se asuste. —Lo peor del asunto es que lo dice totalmente en serio—. ¿A qué hora has dicho que llega el Cascanueces?

La tía desvía la conversación con todo el morro sin molestarse en disimular.

—No te lo he dicho.

—Mejor me llevo una muda a casa de Martín —responde mientras me guiña un ojo—. Solo por si acaso.

—Ya… Solo por si acaso —ironizo—. Porque no te apetece nada, ¿verdad?

—Oye, que esto lo hago por ti.

—Me aseguraré de que te beatifiquen por ello.

—Me conformo con que valores mi sacrificio y rompáis la cama a empujones. —Joder—. ¿Seguro que no quieres un churro?

Cuento cada maldito segundo del día. Cada. Maldito. Segundo. Y son muchos. Muchísimos, para ser más exactos.

> **HUGO**
> En diez minutos estoy en tu casa.

Es oficial. Estoy de los nervios. Atacada. Acojonada perdida. Me sudan las manos y me tiemblan hasta las pestañas. No tengo la menor idea de qué voy a hacer cuando lo tenga delante. «Relájate, Bianca», repito un mantra. Pero no funciona. No funciona una puta mierda. De lo contrario, el sonido del timbre no me hubiera provocado un microinfarto.

Sujeto el pomo de la puerta y suelto el aire retenido en mis pulmones.

Me lo encuentro con las manos apoyadas sobre el marco y la respiración entrecortada, como si hubiera subido las escaleras a la carrera.

—¿Has venido corriendo?

«Qué gran inicio de conversación, Bianca», me reprocho. Pero es que, joder, estoy muy nerviosa. No he soltado ni el pomo de la puerta porque no sé qué hacer con las manos.

Lo examino de arriba abajo. Zapatillas blancas. Vaqueros rotos y una sudadera con una combinación imposible de colores que a mi hermana le chiflaría. Mis ojos ascienden hasta sus labios y el recuerdo de su sabor provoca una chispa en mi interior. Subo un poco más y nuestras miradas se encuentran.

Debería decir algo, pero las palabras se me atascan en la garganta.

Hugo baja los brazos y da un paso al frente. Yo trago saliva sin apartar mis ojos de los suyos, eclipsada por el brillo que desprenden. Permanecemos inmóviles, el uno frente al otro, en silencio.

—¿Vas a decir algo más o puedo besarte ya?

No respondo.

En lugar de eso, me enrosco en su cuello para estampar mi boca sobre la suya con desesperación. Hugo reacciona de inmediato. Sus manos en mi espalda descienden por mis muslos hasta levantarme del suelo, en sentido literal y figurado, porque siento como si flotara. Mis piernas rodean su cintura mientras avanza por el recibidor. Escucho el portazo y, apenas un segundo después, mi espalda impacta contra la puerta.

Su cuerpo aprisiona el mío mientras saquea mi boca con avaricia. La chispa se vuelve brasa, y la brasa incendio. Uno que calcina todo a su paso. Sus caderas presionan sin piedad.

—¿Dónde está Bel?

Atrapa mi labio con los dientes y da un pequeño tirón.

—Esta noche se queda con Martín —consigo responder con la voz entrecortada.

Vuelve a arrasar mi boca mientras gira sobre sus talones, camino de mi habitación.

A la mierda la ropa.

A la mierda las dudas.

A la mierda el mundo.

Ahora mismo el roce de su piel es mi única religión.

—Hugo… —murmuro al borde del delirio—. No apagues la luz.

—Nunca, Bianca. Nunca.

Capítulo 34

El sueño de una noche de ~~verano~~ primavera

Bianca

No tengo la menor idea de qué hora es, pero reina la oscuridad al otro lado de la ventana. En cambio, entre las sábanas revueltas de mi cama, el sol brilla con fuerza, porque él lo hace.

No puedo dejar de mirarlo. Tampoco quiero hacerlo. Está tumbado frente a mí, con un brazo bajo la almohada y el otro sobre mi costado. Su pulgar dibuja pequeños círculos, una y otra vez, como si necesitase ese contacto para asegurarse de que estoy aquí, de que esto es real.

No. No quiero dejar de mirarlo. Mucho menos dejar de recrearme en la forma en la que me mira él, como si fuera lo más hermoso que ha visto en su vida.

Nadie.

Nunca.

Jamás.

Antes.

Me había mirado así.

Con tanta intensidad que podría abrasarme.

Ni siquiera Víctor.

Y eso es lo que más me asusta de esta situación, que su nombre se cuele en mi cabeza como un intruso al que nadie ha invitado a la fiesta. Todos tenemos un pasado, pero mi ex no es un ex cualquiera. Es su hermano.

—Pellízcame —susurra.

—No estás soñando —respondo con una sonrisa.

—Prefiero asegurarme.

Inclino mi cuerpo y lo beso con suavidad, despacio, muy despacio.

—Pellízcame otra vez.

La sonrisa canalla que acompaña a sus palabras se me contagia.

Sus dedos recorren mi cuerpo, dejando a su paso un hormigueo que me quema la piel. Suben por mi espalda y se deslizan por el brazo hasta terminar enredados con los míos. Observo nuestras manos entrelazadas, suspendidas en el aire.

—¿Qué vamos a hacer ahora?

—Se me ocurren un par de cosas —responde con media sonrisa canalla.

—¡Por Dios, Hugo! —pretendo parecer indignada—. ¿Tú nunca te cansas?

—¿De ti? No podría.

Por favor, que se pare el mundo en este preciso instante.

—No me refería a ahora mismo —aclaro con la intención de retomar la conversación.

—Lo sé.

—Entonces, ¿por qué intentas desviar el tema?

—Porque puedo escuchar los engranajes de tu cabeza girando a toda pastilla —responde, y no le falta razón.

A veces me encantaría apagar mi mente, aunque solo fuera un rato, pero todavía no he descubierto cómo hacerlo.

—Quedan dos semanas para la boda. En cuanto nos vean juntos… la gente murmurará, hará preguntas.

—Bianca. —Rueda sobre la cama y apoya su cuerpo sobre sus brazos para colocarse encima de mí—. Yo quiero estar contigo. Y la única opinión que me importa es la tuya. Lo que digan o piensen los demás me la suda.

—Yo no soy tan valiente, Hugo.

—Si no lo fueras, ahora mismo no estaríamos aquí.

—No es lo mismo.

Una cosa es la intimidad de mi dormitorio y otra salir a la palestra y exponerte a la opinión pública.

—Yo no voy a esconder lo que siento entre cuatro paredes.

—No te pido que lo hagas, pero tampoco es necesario gritarlo a los cuatro vientos. Yo… necesito un poco de tiempo.

—Tienes dos semanas.

—Me refería a…

No consigo terminar la frase.

Mi espalda se arquea por decisión propia cuando desliza sus dedos entre mis piernas y todos mis sentidos se concentran en ese punto.

¿Cómo puede ponerme tanto con tan poco? Esto no es normal.

—Te referías a…

Atrapa mi labio inferior con los dientes y lo suelta tras un pequeño tirón.

—Eso es jugar sucio.

—Dos semanas. —Acelera el ritmo de sus movimientos y el único alegato que sale de mi boca es un gemido contenido—. Ni un día más.

Los primeros rayos de sol se cuelan por las rendijas de la persiana que he olvidado cerrar porque tenía otros asuntos más importantes entre manos. Un asunto que todavía sigue en mi cama, porque hoy no tiene que ir a trabajar. Ojalá yo pudiera decir lo mismo, pero tengo que abrir el café.

Me escabullo hasta la cocina con todo el sigilo que puedo para preparar el desayuno y vuelvo a la habitación con una taza de café solo y sin azúcar.

—Hugo.

Me siento en el borde de la cama.

—Mmm —refunfuña, todavía dormido.

—Tengo que ir a trabajar.

—No vayas.

Apoya la cabeza en mi regazo y rodea mi cintura sin tan siquiera abrir los ojos.

—Qué más quisiera —respondo.

Me quedaría aquí con él de lindo gusto, pero no puedo.

—La vida adulta es un asco —responde tras dar el primer sorbo al café que le he traído.

Lo dice tan convencido e indignado que me hace reír. Pero he de decir que estoy totalmente de acuerdo con él.

—¿Nos vemos esta tarde? —propongo.

—Me encantaría, pero no puedo. —Se frota la cara, parece agotado—. Tengo un montón de cosas que hacer. —Me desinflo como un globo y mi cara lo refleja—. Ni siquiera he deshecho las maletas.

—Vale —respondo con tristeza. ¿Qué otra cosa puedo decir?—. Voy a darme una ducha.

—Me parece una gran idea, estoy seguro de que en esa ducha cabemos los dos.

Estoy segura de que si se mete conmigo en la ducha voy a llegar tarde a trabajar, pero esa sonrisa maliciosa promete tantas cosas que resulta muy difícil resistirse a ella.

Confirmamos que, por primera vez desde que abrimos el café, he llegado tarde a trabajar. Pero también que ha valido la pena.

—¿Se te han pegado las sábanas? —se sorprende Claudia cuando cruzo la puerta a la carrera.

—Más o menos.

—¿Más o menos? —Me analiza como si fuera un insecto en una de esas placas de Petri—. ¡A ti lo que se te ha pegado es un moreno macizo! —concluye.

Y yo sonrío. Mucho. No puedo dejar de hacerlo. Hoy ni siquiera me importa que sea lunes —y el universo sabe que los odio—, el ceño fruncido de los clientes, su mal humor porque los días de fiesta han pasado demasiado rápido, o que el día haya amanecido con un cielo plomizo que amenaza lluvia.

Mi teléfono vibra dentro del bolsillo trasero de mis vaqueros y me apresuro a ver de qué se trata. Parezco una adolescente tras su primera cita. Una que se queda con cara de acelga cuando comprueba que el mensaje no es de Hugo.

> **BEL**
> ¿Qué tal ha ido? ¿Habéis partido
> la cama en dos?

La madre que la parió. Ni un «buenos días» ni nada. Esta mujer es terrible.

> **BIANCA**
> Buenos días para ti también. La cama sigue
> entera. La que está destrozada soy yo.

Y qué bien sienta.

> **BEL**
> El Cascanueces sabe lo que hace.

> **BIANCA**
> Eso no puedo negarlo.

Y será mejor que tampoco recuerde sus habilidades, porque, de lo contrario, el día se me va a hacer muy largo. Más si tenemos en cuenta que no sé cuándo volveremos a vernos.

> **HUGO**
> Acabas de irte y ya te echo de menos.
> ¿Nos vemos mañana?

Por mí como si cae el diluvio universal, el sol se apaga y se acaba el mundo.

Capítulo 35

Tenemos que hablar

Hugo

Mentí cuando le dije que tenía un montón de cosas que hacer, pero no podía decirle la verdad. La conozco lo suficiente como para saber que, si se lo contaba, se hubiera puesto histérica. Además, este marrón es mío y tengo que resolverlo solo.

Mi hermano me abre la puerta con cara de pocos amigos. No me sorprende. Los dos sabemos que nuestra relación no pasa por su mejor momento, pero necesito que tengamos esta conversación.

—Tenemos que hablar —suelto sin rodeos.

Se hace a un lado para dejarme pasar, señala en dirección al salón y recorro el pasillo hasta tomar asiento en su enorme sofá.

—Tú dirás.

—Es acerca de Bianca.

—¿Por qué no me sorprende? —masculla con ironía.

Está claro que no va a poner de su parte.

—Sé que estás cabreado, y lo entiendo.

—No entiendes una puta mierda, Hugo.

—No lo he hecho para tocarte los cojones.

Sacude la cabeza y ríe sin ganas.

No me cree.

—Claro que lo has hecho por eso —rebate—. Mira, sé que fui un auténtico capullo y que no hice las cosas bien, pero ya cumplí mi penitencia por ello. Para mí tampoco fue fácil, pero todo el mundo merece una segunda oportunidad, y tú

245

no vas a joder la mía por mucho que te empeñes. Si quieres venir con Bianca, hazlo, pero no esperes una palmadita en la espalda.

—Estoy enamorado de ella.

Un espeso silencio se instala entre nosotros.

—¿Estás enamorado de mi exmujer? —pregunta desconcertado. Yo me limito a asentir—. ¿Desde cuándo?

—Eso no importa.

—Me cago en la puta, Hugo, ¡por supuesto que importa! —Se pinza el puente de la nariz. Niega con la cabeza. Resopla—. ¿Desde cuándo?

Supongo que ha llegado el momento de contar toda la verdad.

—Cuando estaba preparando las oposiciones coincidía con ella, cada día, en el autobús. Al principio no era más que una cara bonita, sin nombre, en medio del resto de pasajeros de aquella línea, pero con el tiempo… algo cambió. —Víctor me escucha en silencio con la mandíbula apretada. Mi hermano no es idiota y, en consecuencia, es consciente de que lo que le estoy contando se remonta a los inicios de su relación—. Una tarde nos encontramos en una cafetería y empezamos a hablar. No sé en qué momento me colgué de ella, solo sé que ocurrió. Unos días después os vi juntos. El resto de la historia la conocemos los dos.

Se levanta del sofá y camina en círculos por el salón hasta detenerse frente a mí con las manos sobre las caderas y el gesto serio.

—¿Por eso te distanciaste? —concluye.

Y lleva razón.

Puse distancia porque no soportaba verlos juntos, pero no tenía ningún derecho a sentirme así.

—¿Qué querías que hiciera?

—¡Hablar conmigo, joder!

—¡¿Y qué cojones iba a decirte?! —exclamo en el mismo

tono—. ¿Qué me había enamorado de tu novia sin saber que lo era?

—¿Por qué me lo cuentas ahora?

—Porque estamos juntos.

Me mira incrédulo.

—¿Quieres mi bendición?

Su voz destila sarcasmo.

Debería decirle que ni la quiero ni la necesito, pero eso solo empeoraría las cosas.

—Solo quiero que sepas que no es algo que haya buscado.

Un incómodo silencio vuelve a llenar la estancia.

—No sé qué decirte, Hugo.

—No hace falta que digas nada.

Me levanto dispuesto a marcharme.

Soy consciente de que todo lo que le he contado es difícil de digerir, pero tenía que hacerlo, aunque eso suponga que la brecha entre nosotros se abra todavía más. Asumiré las consecuencias.

Los días pasan y la rutina me engulle. Clases, prisas, responsabilidades. Como ya he dicho, la vida adulta es un asco. Paso con Bianca cada minuto que consigo robarle al reloj. Y nunca me parece suficiente.

No le he dicho que he hablado con Víctor para intentar solucionar las cosas. Y en vista del éxito obtenido, creo que es mejor que no lo sepa, porque no he tenido noticias de mi hermano desde nuestra conversación. Ni una llamada, ni un mensaje. Nada. Y me jode. No voy a negarlo. Me jode más de lo que me gustaría que no sea capaz de ponerse en mi piel. O al menos de intentarlo. Pero, cuando algo no está en tus manos, lo único que puedes hacer es aceptarlo. Mañana es la boda y no tengo ni idea de con qué voy a encontrarme.

Como si lo hubiera invocado, su nombre aparece en la pantalla de mi teléfono.

—Hola —saludo con cautela.

—Hola, creo que deberíamos hablar —expone—. ¿Podemos vernos?

—Claro.

—Te espero en el bar que hay debajo de tu casa.

—¿Cuánto tardas en llegar?

—Llegué hace dos cervezas —responde—. Me ha llevado un rato hacer acopio de valor para llamarte.

Lo veo desde el portal. Está sentado en una de las mesas de la terraza, y no tiene buena cara. Ocupo la silla que está frente a él y pido una cerveza.

—Tú dirás.

Utilizo las mismas palabras con las que él me recibió en su casa. No estoy a la defensiva, pero sí en alerta. No tengo la menor idea de por dónde puede salir y, mucho menos, de cómo va a acabar esta conversación.

—No te negaré que va a ser raro de cojones. —Su voz no suena a reproche, sarcasmo o irritación. Y no sé cómo lidiar con eso—. Pero, si de verdad la quieres, yo no seré un problema.

No sé qué decir.

—Joder… Eso no me lo esperaba.

—He hablado con Laura. —Mi nueva futura cuñada—. Y me ha dicho algo a lo que llevo dando vueltas varios días —expone—. El amor tiene sus propios planes. Y yo no soy el más indicado para juzgar a nadie. Ya le jodí la vida una vez, no habrá una segunda. —Da un largo trago a su cerveza y yo hago lo mismo. Noto la boca seca como una lija—. Fui un gilipollas —continúa—. Tendría que haberle echado más huevos y cancelar la boda cuando me di cuenta de que estaba enamorado de Laura, pero en lugar de eso la cagué. —Ríe con amargura—. Y ahora entiendo por qué te molestó tanto que lo hiciera.

Nos mantenemos la mirada en silencio, pero esta vez no es un silencio incómodo. Al contrario. Resulta liberador.

Salvado el primer escollo, todavía queda una cuenta pendiente.

—¿Y qué pasa con mamá? —expongo mis dudas.

—Lo entenderá.

—¿Después de lo que hizo?

No te lo crees ni tú.

—Hizo lo que creyó correcto para evitar un escándalo, nadie podía prever cómo acabarían las cosas —argumenta—. Y, aunque no te lo creas, ha tenido mucho tiempo para reflexionar.

Desconozco si nuestra señora madre ha reflexionado o no, porque, desde el «incidente», no hemos vuelto a hablar del tema.

—Puedo echarte un cable con eso… —deja caer—. Si tú quieres, claro.

—¿Por qué harías eso?

—Mis errores le han costado demasiado a esta familia. Ya va siendo hora de enterrar el hacha de guerra.

—Bianca no va a perdonarte jamás.

—Eso ya lo veremos —asegura.

—Ni de coña.

—Lo hará cuando se dé cuenta de que, en el fondo, le hice un favor. Había escogido al hermano equivocado.

Capítulo 36

El día de la boda

Bianca

Recorro el apartamento como un pollo sin cabeza hablando por el móvil en manos libres. Tengo un ataque de pánico. Sí. Y no me avergüenza decirlo. Hugo está a punto de llegar. Hoy es el «gran día» —entiéndase la ironía—, y a mí me va a dar algo. Estoy tan bloqueada que llevo diez minutos de reloj buscando las llaves de casa porque no sé dónde demonios las he dejado.

—¿Y si me las he dejado en el café?

—Eso es imposible —gruñe mi hermana.

A estas alturas de la conversación, está hasta la peineta de mí.

—¿Por qué estás tan segura?

—Porque has abierto la puerta para entrar.

«Mierda. Tiene razón».

Me freno en seco en mitad del pasillo y resoplo con fuerza.

—Por el amor de Dios, Bianca, ¿quieres tranquilizarte?

—¡Estoy tranquila! —miento.

—Uy, sí, ya lo veo —malmete—. Estás como para ir a robar panderetas.

Ignoro la pulla y me concentro en la búsqueda de las llaves, pero las malditas no aparecen por ningún lado y me estoy quedando sin tiempo. Cuando suena el timbre, todavía no he dado con ellas.

—Me apuesto un brazo a que las has dejado en la puerta.

—¡En la puerta no están! —insisto, porque ya he mirado.

—Por dentro no, por fuera, Bianca —explica.

—¿Cómo iba a dejarlas por fuera?

Eso es imposible.

Y aun así… abro la puerta.

—Mierda —mascullo entre dientes.

Allí están las dichosas llaves.

—De nada, pastelito —se pitorrea la cretina de mi hermana—. ¡Disfruta de la boda!

La madre que la parió.

Echo un último vistazo a mi aspecto en el espejo del recibidor.

Pelo suelto.

Maquillaje sutil.

Vestido rojo.

Zapatos con el bolso a juego.

Ya no hay vuelta atrás. Que sea lo que Dios quiera.

En cuanto abro la puerta del ascensor veo a Hugo en mitad de la calle, apoyado en la puerta del coche, con las manos en los bolsillos del pantalón de un traje negro que le queda demasiado bien. Por todos los satélites de Urano. Esto tiene que ser un castigo.

Salgo del portal y recorro como puedo la distancia que nos separa, me tiemblan las piernas, y el hecho de que tenga clavados sus ojos en mí no me ayuda a mantener el equilibrio. Ni físico ni emocional.

—Joder… —murmura en cuanto me acerco.

Sus ojos son fuego y a mí me arde la piel.

—Estás muy guapo.

—Tú estás…

Se muerde el labio y mi mente recrea un montón de imágenes nada apropiadas para este momento. Tengo que reconducir esta conversación o no llegaremos muy lejos.

—Muy nerviosa.

—Iba a decir que estás de escándalo.

«Para escándalo el que vamos a protagonizar», pienso.

El trayecto hasta el restaurante se me hace corto. Cuando me bajo del coche, estoy al borde de un ataque de ansiedad. Me sudan las manos. Me tiemblan las piernas. Lo único que quiero es echar a correr en dirección contraria, pero no puedo hacerlo. Hugo sujeta mi mano con decisión y nos conduce hacia la entrada principal. Está atestada de gente. Gente que no nos quita los ojos de encima. A mí, para ser exactos.

—Todo el mundo me mira —murmuro entre dientes.

—Sería un delito no hacerlo. Estás espectacular.

—No creo que sea por eso.

Avanzamos hasta llegar a la zona en la que va a tener lugar la ceremonia civil. Bajo un arco ornamentado, colocado en mitad del jardín, hay una pequeña plataforma frente a la que han dispuesto las sillas para los invitados. Están cubiertas de una fina tela blanca y decoradas con flores secas. De los árboles que rodean el espacio cuelgan pequeños faroles sujetos con cuerdas. Es precioso. Y, a la vez, horrible por lo que representa.

—¡Hugo! —El saludo proviene de una voz que me resulta familiar. Es Nacho. Uno de sus primos—. ¿No piensas presentarme a tu novia o qué? —grita como un energúmeno mientras se acerca a nosotros—. ¡Hostia, Bianca! —exclama en cuanto me reconoce—. Eres la última persona a la que esperaba ver hoy aquí. —No oculta su sorpresa, y casi se lo agradezco. Al menos su reacción ha sido sincera—. Pero… una cosa… ¿vosotros dos…? —La cara de Nacho es un poema—. ¿Estáis juntos?

Hugo asiente y mi cara se vuelve del mismo color que mi vestido.

—¡Hugo!

El chillido histérico rebota en mi espalda. Odio esa voz, pero odio todavía más a su propietaria. Tanto que no pienso ni mirarla.

—Deduzco que a la vieja no le hace ninguna gracia —comenta Nacho.

—La vieja todavía no lo sabe —responde Hugo, antes de alejarse de nosotros en dirección a su señora madre.

—Hostia puta. —Nacho flipa, y no es para menos—. Será mejor que nos pongamos a salvo. ¿Te apetece tomar algo?

—Creía que no servían bebidas hasta que terminase la ceremonia.

—Y creías bien, pero tengo en el bote a una de las camareras.

Sonríe con arrogancia y me tiende el brazo.

Ni lo dudo. Me enrosco a él y nos adentramos en las profundidades del restaurante en busca de Tania. Una chica encantadora que me entrega una copa de vino llena hasta los topes en cuanto Nacho le explica lo mucho que la necesito. Menudo tunante está hecho.

Hugo nos aborda en cuanto volvemos al jardín.

—¿De dónde habéis sacado eso?

Señala nuestras bebidas.

—Soy un tío de recursos —responde orgulloso Nacho. Hugo me roba la copa de vino y se despacha el contenido de un trago—. ¿Qué tal ha ido con la vieja?

—De maravilla.

Ni siquiera tomamos asiento. Nos quedamos de pie, detrás de la última fila de sillas. Hugo entrelaza nuestras manos y yo fijo toda mi atención en ese punto. La ceremonia se me hace eterna. Insufrible. Horrible. Estar aquí, «presenciar esta unión» y «ser partícipe del amor que se profesan», como acaba de decir el concejal de turno, es una absoluta tortura que agita mis recuerdos como un avispero.

Tras la ceremonia, la situación se descontrola un poco.

El bullicio de felicitaciones, besos y abrazos a los recién casados se mezcla con los cuchicheos de los invitados, que, sin duda, se están preguntando qué pinto yo aquí y qué hay entre Hugo y yo.

Y yo pretendía pasar desapercibida… Si es que no se puede ser más ingenua. Más saludos, apretones de manos, besos de Judas, una copa de vino para templar mis nervios, un aperitivo por aquí y otro por allá, más saludos de cortesía, hipócritas y cotillas… Y, de pronto, me doy de bruces con Víctor. Nos mantenemos la mirada apenas un par de segundos. Y entonces ocurre. Mi exmarido camina con decisión en nuestra dirección y los nervios se apoderan de mí. Casi ha llegado adonde nos encontramos cuando noto la mano de Hugo sobre mi espalda.

—Tranquila —me susurra al oído, pero su petición consigue el efecto contrario, porque mi cuerpo se tensa todavía más.

Aprieto la copa de vino que tengo en la mano con tanta fuerza que temo que el cristal se desintegre entre mis dedos.

—Víctor.

Hugo le tiende la mano a su hermano. Este se la estrecha y tira de ella hasta que terminan fundidos en un abrazo.

—Bianca.

Mi exmarido me saluda con una sonrisa radiante. El muy mamarracho desborda felicidad por los cuatro costados. Yo, por supuesto, no le devuelvo la sonrisa. Y el saludo tampoco. Vamos, hombre, lo que me faltaba. Tiene suerte de que no le arranque la cabeza de cuajo.

—Esta vez no la cagues —murmura Hugo.

—Tú tampoco.

Víctor le guiña un ojo, antes de largarse por donde ha venido, y yo me quedo atónita.

No sé qué demonios está pasando aquí, pero es evidente que me he perdido algo.

255

—¿Me explicas qué ha sido eso? —inquiero en el mismo momento en que un camarero se acerca a nosotros para indicarnos que tenemos que entrar en el salón en el que tendrá lugar el banquete.

—Luego.

Hugo coloca su mano en mi espalda y me empuja con suavidad hasta la mesa que nos han asignado. Gracias al cosmos no es la presidencial y está lo bastante alejada de esta como para evitar la mirada asesina de la madre que lo parió.

Lejos de lo que me esperaba, la cena no es para nada incómoda. Los primos de Hugo han tenido mucho que ver en ello. No sé si el cotilla de Nacho los ha puesto en antecedentes, pero todos actúan con total naturalidad. Como si aquí no pasara nada y esto no fuera raro de narices.

No sé cuánto tiempo ha pasado cuando llega la tarta, los besos, los brindis.

El vals.

Es la primera vez que consigo mirar a Laura sin compararnos. Sin buscar en ella ese algo que a mí me faltó. Observo sus movimientos sobre la pista. La forma en que se miran, se tocan, se sonríen, y siento una mezcla de rabia por lo que me hicieron e indiferencia porque ya no duele ni es difícil de masticar.

—¿Vamos a por una copa? —propone Nacho.

El tío es el alma de la fiesta.

Examino a Hugo con atención. Se ha quitado la chaqueta y esa camisa que se pega a su cuerpo, sumada a las dos copas de vino que me he bebido durante la cena, me tienen nublado el juicio.

—¿Bailamos?

Me tiende la mano y yo la agarro sin dudar.

No sé si es culpa del vino, pero en este preciso instante lo acompañaría al mismísimo infierno si me lo pidiera.

La música suena y reconozco la voz de Juan Luis Guerra.

Nunca he sido muy fan de este señor, pero tengo que reconocer que, desde que empezamos con las clases de baile, algunas canciones empiezan a gustarme lo suficiente como para recordar y tararear parte de la letra.

Ay, ay, ay, ay, amor,
yo soy satélite y tú eres mi sol.

Así lo siento.

Hugo es el sol que reflecta para hacerme brillar cuando me pega a su cuerpo con una mezcla de sensualidad y ternura que embota mis sentidos, acelera mis pulsaciones y entrecorta mi respiración.

Hugo es calma y tormenta.

Locura y razón.

Y un puñado de promesas que se hacen hueco entre mis costillas cuando me mira.

—¿En qué piensas? —susurra en mi oído.

—Intento descubrir en qué momento me he convertido en un satélite perdido en tu órbita.

—Te equivocas, cariño —susurra en mi oído—. El satélite perdido soy yo.

Su voz desencadena un huracán que se expande por mi cuerpo y arrasa con todo lo que encuentra a su paso. Será mejor que me refresque un poco, todavía queda mucha noche por delante.

Cuando vuelvo al salón tras mi visita al lavabo, me encuentro con el revuelo que precede al inminente lanzamiento del ramo. Un grupo de mujeres se apelotonan al fondo de la sala con la esperanza de convertirse en la afortunada que recogerá el testigo de esta «feliz unión». Localizo a Hugo en el mismo sitio en el que lo dejé —apostado en la barra— y me encamino en su dirección. Me vendrá bien un poco de agua.

—¿No quieres participar? —pregunta con guasa.

—¿Un segundo divorcio? No, gracias.

—Puede que esta vez escojas mejor.

—El mercado está fatal, Hugo —le sigo el juego.

Apenas he terminado de hablar cuando un objeto no identificado impacta contra la barra, justo en medio del pequeño espacio que hay entre nosotros. Inclinamos la cabeza a la vez para examinar el suelo y lo vemos.

El ramo.

El maldito ramo de novia.

Si es una broma, no tiene ni pizca de gracia.

No. En absoluto. Y añadiré que, además, es de muy mal gusto.

Hugo y yo volvemos a mirarnos. En mi cara hay pánico. En la suya… en la suya puedo leer alto y claro la palabra «problemas». Se agacha para recoger el engendro del demonio y me lo tiende con la sonrisa más canalla que he visto en mi vida ante la atenta mirada de… ¿todo el mundo?

—¿Qué estás haciendo? —susurro, sin mover los labios, con los dientes apretados.

—¿Tú que crees?

Rodea mi cintura con la mano libre y me acerca a su cuerpo.

Se escuchan murmullos de fondo, también algún suspiro, pero por encima de todo eso mis oídos se llenan con los latidos frenéticos de mi propio corazón. Que explota en mil pedazos cuando elimina la poca distancia que quedaba entre nuestros cuerpos y posa sus labios sobre los míos.

No. Puede. Ser.

Me muero.

Joder.

ME MUERO.

O a lo mejor ya estoy muerta y esto no está pasando de verdad.

El incendio que desencadena calcina el poco sentido común que quedaba. Mi cerebro se apaga, mis brazos rodean su cuello, mi cuerpo se aferra al suyo y me entrego a ese beso como si solo estuviéramos él y yo y esto no fuera una absoluta locura.

Capítulo 37

El amor tiene sus propios planes

Bianca

Una absoluta locura que por poco acaba en tragedia griega cuando su señora madre —que, al parecer, llevaba un buen rato acordándose de la Virgen de los Desamparados— se cae redonda en mitad del salón. Si no se abre la crisma es porque la Virgen ha escuchado sus plegarias. Que también os digo que tiene bemoles que haya intercedido por esta hija de Satanás con tanta buena gente necesitada ahí fuera. En fin.

El caso es que se ha armado la marimorena.

El salón se ha convertido en una especie de torre de Babel en la que cada cual da su opinión al respecto de la situación, porque ya se sabe que en este país todo el mundo ha estudiado hasta tercero de Medicina —como mínimo— y defiende su diagnóstico a capa y espada. Uno dice que le ha dado un bajón de tensión, otro que le ha subido, su marido propone levantarle las piernas mientras le da aire con un abanico lleno de flamencas, y la tía Dolores pregunta con preocupación si alguien ha llamado a la ambulancia.

—Eso se le pasa con una copita de pacharán.

Ese es Nacho.

El tío va fino filipino, se lo está pasando en grande y le importa entre poco y nada que su tía se desnuque. Su única prioridad en este momento es mantener la verticalidad de la copa que tiene en la mano para no derramar ni una sola gota de ginebra.

Madre mía de mi vida, qué panorama.

Víctor cruza el salón y esquiva el corrillo que se ha formado hasta llegar a su madre, que no duda en increpar a su primogénito en cuanto se acerca a ella.

—¡No te vuelvas a casar, por favor te lo pido! —chilla la señora—. ¡Que a la tercera me matáis del disgusto!

«No caerá esa breva», pienso yo. Y me entra la risa floja. Hugo me da un codazo y me siento fatal, porque, en el fondo, es su madre, por muy mala pécora que sea. Aunque el sentimiento de culpa me dura poco. Lo que tardo en comprobar que el muy cretino también está conteniendo la risa.

—Vamos a tomar el aire.

Víctor tira de su madre, que protesta mucho, pero se deja hacer.

Menuda peliculera.

Los observo alejarse en dirección al jardín. Y entonces detecto algo más.

Un cruce de miradas. Un gesto casi imperceptible.

Y la certeza de que ahí existe una complicidad de la que nadie me ha hecho partícipe. Al menos todavía.

—Debería ir a ver cómo está —murmura Hugo.

—Claro, ve.

Yo no pienso acercarme ni por todo el oro del mundo, pero entiendo que él quiera hacerlo. Cojo mi copa de vino y me escabullo en dirección a un pequeño balcón que, por suerte para mí, está desierto.

BIANCA
No te vas a creer lo que ha pasado. A la bruja le ha dado un jamacuco.

BEL
¡¡¿¿En serio??!! ¡Cuéntamelo todo!

Ni me planteo escribirle. Es demasiado largo de contar. Mejor le mando un audio. Un audio que se me va de las manos y que pone a prueba la escasa —por no decir inexistente— paciencia de mi hermana. Todavía estoy hablándole a mi teléfono en plan *walkie talkie* cuando su nombre ilumina la pantalla.

—Eres una impaciente.

—Y tú una agonías —responde—. Llevabas cuatro minutos grabando un audio, Bianca.

«Cuatro minutos no es tanto», pienso. De hecho, creo que el monólogo que hago a continuación para contarle todo lo sucedido, y que ella interrumpe cada tres frases para soltar algún exabrupto, dura bastante más, pero que se aguante.

—Estamos pasando por alto un pequeño detalle.

—¿Qué detalle?

—El origen del caos.

No tengo ni idea de qué me habla.

—Belinda, me he tomado tres vinos, no es momento para acertijos —respondo.

—Joder, Bianca —resopla como si lo que ha dicho fuera obvio y yo idiota por no entenderlo—. ¡Que el zorrón os ha tirado el ramo de novia!

Coño. No puede ser. Aunque, ahora que lo dice, es posible.

Estaba tan preocupada por el ramo en sí que ni siquiera pensé en cómo había llegado hasta nosotros. Si mi hermana tiene razón, la pregunta es…

—¿Por qué iba a hacer eso? —pregunto perpleja.

—¡Y yo qué sé, Bianca! ¿Porque es una psicópata? —plantea—. A no ser…

—¿A no ser qué?

—Que sepa lo vuestro —lo dice como si «lo nuestro» fuera vender órganos en el mercado negro.

—Mierda…

Las piezas empiezan a encajar, una tras otra, en mi cabeza.

La amabilidad del saludo de Víctor.

El comentario cómplice que no entendí.

El «luego te lo cuento» de Hugo.

El cruce de miradas.

Eso es lo que no me han contado.

—Víctor lo sabe —aseguro.

No me cabe la menor duda de que así es.

—¡Por fin te encuentro!

La voz de Hugo, a mi espalda, me sobresalta.

—Bel, luego te llamo.

Cuelgo el teléfono para enfrentarme a la mirada de Hugo.

—Lo siento —susurra.

—¿Qué es lo que sientes, exactamente? —inquiero—. ¿El espectáculo que ha dado tu madre u omitir el hecho de que habías hablado con tu hermano?

—Las dos cosas. —Se rasca la nuca con gesto culpable—. Hace días que hablé con Víctor. Le dije que estaba enamorado de ti y que estábamos juntos —expone—. Si no te dije nada fue porque la conversación no acabó demasiado bien. Pero ayer vino a verme.

Un momento.

¿Acaba de decir que está enamorado de mí? ¡Por todos los satélites de Urano!

Tengo que agarrarme a la barandilla porque mis piernas se han convertido en gelatina.

—¿¿Que has hecho qué?!

La cabeza me da vueltas y mucho me temo que las tres copas de vino no han tenido nada que ver en ello. El único culpable es Hugo.

—Tenía que hacerlo.

—Hugo… Yo…

«Yo no sé lo que siento».

«Me gustas muchísimo, pero para mí es pronto para hablar de amor».

—Lo sé —concluye como si me hubiera leído la mente—. Te dije que puedo esperar, y lo mantengo.

Mientras Hugo retoma la conversación que nos ocupaba y me cuenta los detalles de su encuentro con Víctor, mi cabeza se convierte en una lavadora en pleno centrifugado con los retales de esa conversación.

«El amor tiene sus propios planes».

«Ya le jodí la vida una vez, no habrá una segunda».

«En el fondo, le hice un favor».

«Había escogido al hermano equivocado».

Debería estar enfadada por que me lo haya ocultado. Debería intentarlo, al menos. Cruzarme de brazos y hacerme la indignada. Pero ni yo puedo hacerlo ni él se merece que lo haga. Porque lo ha apostado todo por mí. Sin garantías. Y esa es la mayor declaración de amor que nadie me ha hecho jamás.

—¿Estás enfadada? —tantea preocupado.

Yo niego con la cabeza y él respira aliviado.

—Pero debería estarlo.

—Iba a contártelo.

—Ya… Luego, ¿no?

—Exacto.

Hugo sonríe ladino y… Joder. Esa sonrisa no me deja pensar con claridad.

—¿Y qué pasa con tu madre? —pregunto en un momento de lucidez cuando recuerdo que la señora no sabía nada del asunto.

—Sobrevivirá.

—Mala hierba… —malmeto—. Y ahora, ¿qué hacemos?

—Podemos tomar una copa, bailar… —rodea mi cintura hasta pegarse a mi cuerpo—, o podemos largarnos de aquí —murmura sobre mi cuello, y sus labios abrasan mi piel.

¿Cómo es posible que un simple susurro desencadene un huracán en mi interior? Insisto: esto no es normal.

—¿Sabes dónde está la lavandería?

La carcajada que se le escapa rebota en mi pecho.

Sabe que no lo he dicho en serio. No estoy tan loca…

Aunque, si de mi locura depende ver esa sonrisa en su cara, renuncio a mi cordura para los restos.

Capítulo 38

Océanos en calma

Hugo

Un hormigueo recorre mi pecho. Asciende por mi cuello hasta dibujar la línea de mi mandíbula, se pasea por mis labios y continúa su camino para volver sobre mi pecho.

—Hugo…

Abro los ojos con pereza y la veo, tumbada frente a mí, con una de mis camisetas, el pelo recogido en un moño y una sonrisa que podría iluminar el universo entero. Porque el mío brilla cuando ella está cerca.

—Buenos días —murmuro.

Y tan buenos. Buenísimos.

—Buenos días —responde—. Te he preparado un café.

Se incorpora y me tiende una taza humeante que coge de la mesita de noche. La imito para sentarme en la cama y apoyo la espalda en el cabecero.

—Tienes la nevera vacía. —Arqueo una ceja y añade—: Los táperes de tu vecina no cuentan, salvo que te apetezca un plato de lentejas para desayunar.

—Las lentejas de Gertrudis están de muerte.

—No lo dudo —responde—, pero a estas horas prefiero un vaso de zumo y un par de tostadas.

—Entonces, tendré que invitarte a desayunar.

—Estoy de acuerdo, pero antes tengo que pasar por casa para cambiarme de ropa.

El vestido que ayer decoraba el suelo de mi dormitorio se encuentra ahora, junto con mi ropa, sobre el banco tapizado que hay a los pies de la cama. Si está entero es de milagro, porque estoy seguro de que me faltó poco para convertirlo en jirones cuando la maldita cremallera decidió no colaborar.

Las prisas, que ya se sabe que no son buenas consejeras. Y la acumulación de ganas durante el trayecto desde el restaurante hasta mi casa tampoco ayudó a calmar las aguas.

Por si alguien se lo pregunta. Sí. Nos largamos de la boda a la francesa, a hurtadillas y por la puerta de atrás. Total, el pescado ya estaba vendido y el drama servido. Demasiadas emociones para un solo día. Y si no que se lo pregunten a mi madre. Le va a costar reponerse del *shock*. «Por el amor de Dios, Hugo, ¿es que no hay más mujeres en el mundo?», fue lo único que me preguntó. Y yo tuve muy clara la respuesta: «Ninguna como ella».

Víctor me apoyó, tal y como dijo que haría, y le soltó un discurso —he de decir que un tanto cursi— sobre el amor y sus designios que ella escuchó impávida. La gran pregunta es si el despliegue de palabrería de mi hermano habrá servido de algo. Tiempo al tiempo.

—Hugo —la voz de Bianca me devuelve al presente—, ¿dónde has ido?

—Estaba pensando en lo bien que te quedaba el vestido —respondo.

No es verdad, pero tampoco mentira. Porque el vestido le quedaba de infarto. Aunque mi cabeza estuviera en otro sitio que poco tuviera que ver con eso.

—Lo que tú digas, pero no pienso ir a desayunar como si acabara de salir de un *after*.

—Eso no será necesario —respondo—. Abre el armario.

Me mira con desconfianza, pero me hace caso y abre la puerta que le he indicado. Sobre uno de los estantes hay una bolsa de tela con unos vaqueros, una camiseta, ropa interior, zapatillas deportivas y un pequeño neceser.

—¿Y esto?

Examina el contenido de la bolsa con sorpresa.

—Tu hermana lo trajo ayer —respondo—. Dijo que estaba segura de que ibas a necesitarlo.

—Y la muy cretina tenía razón. —Sacude la cabeza con una sonrisa hasta que, de pronto, me mira muy seria y añade—: No le digas que he dicho eso.

—Tu secreto está a salvo conmigo.

—Genial, voy a darme una ducha.

—¿Quieres que te frote la espalda? —propongo, de lado sobre la cama, con la cabeza apoyada sobre la palma de la mano.

—¿No has tenido suficiente? —pregunta con los ojos en blanco.

Y yo sonrío, porque sé que, por más que intente disimularlo, la propuesta le interesa tanto como a mí.

—¿De ti? Nunca.

No me cabe la menor duda. Hay cosas que se saben. Sin más.

Hay personas por las que cruzarías el océano a nado. Porque son faro, puerto y abrigo. Y eso es Bianca para mí. Sé que nos queda un largo camino por recorrer y que no va a ser fácil, pero estoy seguro de que cada puta brazada valdrá la pena.

Epílogo

El agujero en el pantalón

Belinda

Un mes después

A veces, la vida es como ese agujero en el pantalón por el que siempre metes el pie y acabas agrandando sin remedio. Tú sabes que está ahí, que un movimiento en falso lo mandará todo al garete, pero se te olvida, porque vas con el piloto automático puesto. Te confías. Y vuelves a liarla.

Y ahora mismo yo soy el pie, pero también el pantalón.

«Joder, Belinda. Vaya mierda de metáfora».

A juzgar por cómo me miran Bianca y Hugo desde el sofá, creo que han pensado exactamente lo mismo cuando se lo he soltado. Si es que no sé por qué me empeño en ponerme en modo filosófico cuando nunca se me ha dado bien. Yo soy más de ir al grano, sin rodeos ni florituras.

—Martín se ha mosqueado —suelto sin más.

—¿Qué has hecho ahora?

Mi hermana pone los ojos en blanco.

¿Por qué siempre da por hecho que ha sido culpa mía?

¿Quién se cree que soy? ¿El anticristo?

—Me ha propuesto que nos vayamos una semana a Menorca —explico.

—A mí me parece un planazo —responde el Cascanueces.

Nos ha jodido. A mí también me parecería un planazo si no fuera porque este año, en esas fechas, no me viene bien.

—Yo te veo con un sombrero de paja, una cerveza en la

mano y bailando descalza alrededor de una hoguera en la playa —argumenta mi hermana.

«Mierda», hasta yo me veo de esa guisa y, como acaba de decir Hugo, me parece un puto planazo. «Belinda, céntrate, que ese no es el tema». Sacudo la cabeza para apartar esa idea.

—Me ha propuesto ir en agosto.

Hago especial hincapié en el mes.

Agosto.

No. Se mire por donde se mire, no me viene bien.

Llevo años planificando mi viaje por Italia. Tantos como llevo posponiéndolo. Tengo los billetes, las reservas de hotel… ¿Soy una egoísta por no querer renunciar a mi sueño?

—Italia.

Mi hermana ata cabos enseguida.

—Exacto.

—¿Y por qué no se va contigo? —pregunta Hugo.

—Porque no se lo he propuesto.

Insisto: ¿soy una egoísta por no querer renunciar a mi sueño?

MI sueño. En singular.

Así que el verdadero problema no es que no quiera ir con él a las Pitiusas, es que no quiero ir de vacaciones con él porque yo ya he planificado las mías.

—¿Por qué no?

El Cascanueces no entiende nada.

—Porque ese no era el plan —respondo.

—Siempre ha querido ir sola —interviene mi hermana.

—Las prioridades cambian —rebate él.

Y tanto que cambian.

Si no lo hicieran, no me sentiría tan mal con todo esto.

Los dos me miran a la espera de que diga algo, pero ahora

mismo en mi cabeza solo hay un mono con dos platillos y ruido. Mucho ruido. No puedo pensar.

—¿Y si haces parte del viaje sola y le propones que se reúna contigo allí? —expone Hugo.

Visto así…

¿Podría plantearle esa opción?

Yo no renunciaría a mi sueño y pasaríamos las vacaciones juntos.

¿Aceptaría?

—Creo que la has convencido… —malmete mi hermana al percatarse de que me he quedado medio alelada, sopesando esa posibilidad.

La ignoro. No pienso entrarle al trapo. Las prioridades, ya sabéis.

—¿Sabéis qué? Voy a hablar con Martín.

Y me largo sin mirar atrás.

Minutos después, con la camiseta pegada al cuerpo, porque he sudado como un pollo, y la respiración entrecortada por la carrera, aporreo la puerta del apartamento de Martín.

—Tenemos que hablar.

Entro en su casa con la misma elegancia que un elefante en una cacharrería. O sea, ninguna. El tío flipa.

—¿Tenemos que hablar? —pregunta acojonado.

La cara de seta que se le ha quedado no deja lugar a duda y, aun así, está para comérselo con patatas, pero no he venido para eso.

Al menos por ahora.

—De las vacaciones.

Me acomodo en el sofá con los pies sobre la mullida superficie y me abrazo las rodillas. Él me observa de pie en mitad del salón.

—Joder, Bel. —Se lleva la mano al pecho en plan dramático—. ¿Pretendes matarme de un infarto?

Respira aliviado y toma asiento a mi lado.

Yo pongo los ojos en blanco. De verdad que no entiendo ese empeño en asociar una frase al fin del mundo. Un «tenemos que hablar» no es más que eso. Hablar. No tiene por qué ser malo.

—He estado pensando…

—Peligro. —La interrupción le cuesta un manotazo—. ¡Auch! —protesta.

—He estado pensando en que no quiero renunciar a Italia. —Tuerce el gesto, decepcionado—. Pero tampoco quiero renunciar a pasar las vacaciones contigo. —Su cara muta de la decepción a la incomprensión—. Sí, lo sé, soy una egoísta de mierda.

—No sé a dónde quieres llegar.

—A Roma —resuelvo. Al fin y al cabo, todos los caminos te llevan allí, ¿no?—. He pensado que podríamos pasar unos días en Roma. Tú, yo, una *pizza*, no sé… —«Vaya mierda de argumento, Belinda», me recrimino—. No tienes que decidirlo ahora, solo piénsalo, ¿vale?

—Vale —responde.

—Bien. —Que acceda a pensárselo es mejor que una negativa categórica—. Pero no tardes demasiado en decidirlo, porque…

—No me has entendido. —Martín me interrumpe antes de que termine la frase—. He dicho que vale.

Sonríe.

—¿Eso es que sí?

—¿Lo dudabas?

—No es Menorca…

—Cierto. —Parece meditarlo con la mirada fija en el techo

hasta que la devuelve a mí—. Es mucho mejor. Porque es contigo.

Soy tan feliz ahora mismo que explotaría en una nube de confeti.

¡Ha dicho que sí!

—¡Ay, Martín! —Aplaudo como una imbécil—. Creo que te quiero.

—¿Crees?

Arquea una ceja.

—Es decir…

¿Por qué no pensaré antes de hablar?

—Te quiero —afirma—. Puedes decirlo, no duele.

—¿Me quieres? —dudo.

El corazón se me va a salir del pecho. Lo presiento.

—Ya… Yo tampoco lo entiendo.

Le suelto otro manotazo. Pero flojito.

Porque me quiere.

Martín me quiere. ¿No es maravilloso?

—Oh, Dios mío, esto va a ser un desastre.

—Va a ser perfecto, caramelito.

Epílogo

Bajo el sol de Menorca

Bianca

Tres meses después

«Esto es vida», pienso mientras le doy el primer sorbo al delicioso cóctel que Hugo acaba de traerme, del que no tengo la menor idea de lo que lleva, pero por mí como si es arsénico.

Moriré feliz.

Aquí.

En este rincón del mundo con él a mi lado.

Hace apenas un par de meses no tenía la menor idea del rumbo que tomaría nuestra relación. Ahora no tengo ninguna duda de que lo que me vibra en el pecho es amor, del bonito, del que hace cosquillas.

Recostada sobre la silla de un chiringuito, con un vestido playero, un moño mal hecho, arena en los pies y salitre en la piel, mientras el sol inicia el descenso hacia las aguas cristalinas de esta playa del Mediterráneo para morir tras ellas. La guía no mentía al decir que Son Bou tiene una de las puestas de sol más bonitas de la isla.

—Es precioso —aseguro, y Hugo asiente con la cabeza, pensativo.

—Podría quedarme a vivir aquí.

«Y yo». No te digo.

Lo que no podría es permitírmelo.

Y es una pena, porque llevamos aquí casi una semana y, cuantos más rincones de la isla descubro, más me enamoro de ella.

La pantalla del teléfono de Hugo, que se encuentra sobre la mesa, se ilumina y puedo leer el nombre de Víctor.

—¿Te importa que lo coja?

Niego con la cabeza.

—En absoluto.

Me alegro de que hayan arreglado las cosas y retomen una relación que no deberían haber perdido nunca. Lo que no significa que yo haya perdido la memoria de manera repentina y olvidado todo el daño que mi exmarido y sus actos me causaron en su día. Aunque también es verdad que ya no lo odio con la misma intensidad que antes. A fin de cuentas, todo lo que nos pasó, lo bueno, lo malo y lo peor, me ha traído hasta aquí.

Mi teléfono vibra sobre la mesa. El grupo de WhatsApp del café echa humo desde que Belinda aterrizó en Italia y decidió compartir con nosotros una media de quinientas fotos diarias de ¿piedras?, ¿ruinas?, ¿adoquines?, ¿cuadros? Menos mal que Martín se reunió con ella y ahora, al menos, en las fotos aparecen personas. O sea, ellos. Generalmente haciendo el payaso. Lo cual es mucho más divertido. Dónde va a parar.

Claudia y Tor se fueron a hacer el Camino de Santiago. Con una mochila al hombro y un par de bemoles. Yo me fatigo solo de pensarlo. Salieron de León hace una semana y, por supuesto, nos han pasado el parte de cada etapa, que se resume en cansancio y ampollas. Aunque he de decir que la cara de felicidad que tenían esta mañana frente a la catedral de Santiago de Compostela traspasaba la pantalla del teléfono.

Yo, por mi parte, apenas he enviado un par de fotos. Me he centrado tanto en disfrutar, sentir y vivir que he olvidado documentarlo.

Abro el archivo y sonrío al ver a Belinda delante de la

Fontana di Trevi, en el mismo momento en que lanza una moneda de espaldas a la fuente.

> **BEL**
> Va por ti, hermanita.

Dicen que, si lanzas una moneda de espaldas a la fuente, volverás a Roma. Así que yo le he pedido a mi hermana que lance una moneda por mí, a ver si algún día se alinean los astros y visito la ciudad eterna. Como respuesta a la foto, envío un montón de corazones.

> **MARTÍN**
> Yo me ahorraría los corazones.
> La muy tacaña ha tirado un céntimo...

> **BIANCA**
> Por Dios, Bel, ¿un céntimo? ¿En serio?

> **BEL**
> ¿Qué? ¡La intención es lo que cuenta!

> **CLAUDIA**
> ¡Tirad una moneda por mí! Por favor, por favor, por favor. ¡Aunque sea un céntimo!

Apenas un minuto después recibimos una segunda foto de mi hermana en pleno lanzamiento de moneda, apretujada entre un montón de turistas orientales.

> **BEL**
> Ahí va tu céntimo, caramelito.

MARTÍN
Me he jugado la vida para hacer esa foto.

Exagera Martín.

CLAUDIA
¡Gracias, chicos! Sois los mejores.

Hago una foto a la puesta de sol y la envío al grupo de WhatsApp.

BIANCA
¿Queréis que tire un par de céntimos aquí? Solo por si acaso.

MARTÍN
Bianca, eres cruel.

CLAUDIA
¡Me encanta!
P.D.: Me apunto al «por si acaso» de la moneda.

—¿Qué me he perdido?
Hugo ocupa su silla y me mira con una sonrisa.
Giro la pantalla del teléfono para enseñarle la fotografía.
—Bel acaba de tirar la moneda.
—Entonces, no tenemos más remedio que ir a Roma.
—¿Tenemos? —pregunto con una ceja arqueada.
—Si tú quieres, sí. Siempre.
—Si es contigo, sí. Siempre.

—¿Eso ha sido una declaración de amor?

Se inclina sobre la silla para recortar la distancia que nos separa.

—Es posible.

—Entonces, dejaré la luz encendida hasta que lo decidas.

Agradecimientos

Llegados a este punto, solo me queda dar las GRACIAS —de corazón y en mayúsculas— a todas las personas que, de una forma u otra, forman parte de esta historia.

Reconozco que los agradecimientos se me atragantan un poco, porque nunca me parecen suficientes. Quizá lo justo sería dar gracias a la vida por poner en mi camino a un puñado de personas maravillosas con las que compartir el viaje.

A mi marido, por creer en mí, incluso cuando yo soy incapaz de hacerlo. Por soportar mi desorden mental y mi caos —soy muy consciente de que a veces es difícil—. Te adoro, pichón.

A mi familia y amigos, y esos amigos que son familia. Los que son. Los que están. Da igual el día, la hora o las circunstancias. Tengo suerte de teneros.

A Dona Ter, amiga, amiga y terapeuta a tiempo parcial. Vosotros no lo sabéis, pero tiene el cielo ganado por aguantar mis dramas, mis dudas y mi eterna indecisión. Yo intento recompensarla con amor, pero sobre todo con queso y vino.

A Elisa Mayo, Antonia de mi vida, no te puedo querer más. Eres mi más bonita casualidad. ¿Qué iba a hacer yo sin ti?

A Tessa Cooper, que se ha vuelto imprescindible. No me avergüenza reconocer que soy adicta a sus pódcasts. Mis disculpas, Cooper, pero las dos sabemos que llamarlos «audios» sería una indecencia. Y tú y yo somos muy decentes.

A mis lectoras cero: Desy (@dejamequetelea), Marta (@dreamingentrelibros), Inma (@iamwithmybooks), Carla (@passionbetweenletters), Anita (@anitamiarmita), Cris (@buceandoentrehistorias), Carla (@carlamarpe). Por arañarle horas al día para leer el manuscrito. Por sus recomendaciones, mensajes y audios interminables, porque, a pesar de la distancia que nos separa, siempre están cerca.

A mis chicas de #DaleDescansoAlGanso. Por el cariño y el apoyo que me han dado desde el minuto uno.

A las chicas de la lectura conjunta de la serie *Siete Mares*, que han contribuido a la elección de la banda sonora de esta novela.

A May, por la *masterclass* de baile. En el próximo evento, bailaremos. Palabrita.

A todos los que desde el otro lado de la pantalla me habéis apoyado, me habéis escrito tras leer alguna de mis novelas, las habéis reseñado y/o habéis dejado una opinión en Amazon, Goodreads, o cualquier otra plataforma.

A todo el equipo de Newton Compton Editores por creer en mí y en esta historia. Por el cariño, la dedicación y la paciencia.

Por último, pero no por ello menos importante, a ti, lector, si has llegado hasta aquí, por escoger esta historia y regalarme un ratito de tu tiempo, que es lo más valioso que tenemos.

Gracias.

Índice